轉生成蜘蛛又怎樣！
作者：馬場翁 okina baba
插畫：輝竜司 tsukasa kiryu
Kadokawa Fantastic Novels

contents

邪神不笑

「雖說無聊會要人命，但是對神來說，那傢伙同樣也是天敵。」

平淡的聲音響起了。

有別於那道不帶感情的聲音，顯示在螢幕上的禿頭大叔正激動地捶胸頓足。

不管是硬派大叔捶胸頓足的模樣，還是女子面無表情地看著螢幕的模樣，都太過不合常理，讓人笑不出來。

雖然她可能是想藉此表達內心的煩悶，但其實這樣反倒令人感到詭異，實在是讓人有些無言。

「就連人類都是如此了，對於遠比人類長命的神來說，排解無聊的打發時間更是一件至關重要的事。」

說完，女子操控手把，讓螢幕裡的禿頭大叔動了起來。

螢幕裡的禿頭大叔接二連三地擊敗出現的怪物。

因為女子看起來操作得太過輕鬆，而且還是在毫無損傷的情況下達成這件事，所以別人可能會誤以為那是款簡單的遊戲，但其實它的難度可是高到讓玩家難以置信的地步。

真不曉得這款遊戲她到底玩了多少遍。

就跟她本人所說的一樣，為了排解無聊、打發時間，她顯然已經把那款遊戲玩到爛掉了。

「然而，如妳所見，一旦我決定要做某件事，基本上都能夠做到。」

螢幕裡的禿頭大叔擊敗了怪物的頭目。

而且毫髮無傷。

「不管任何事情都難不倒我。只要我想做，就沒有辦不到的事。」

這肯定不只限於遊戲，而是真正意義上的無所不能。

只要這傢伙有心，就真的什麼都辦得到。

不管是要實現世界和平，還是反過來毀滅世界都行。

「就算去挑戰早就知道會成功的事情，也不會覺得有趣。」

一旦拿出真本領，結局便已經註定。

正因為無所不能，正因為早就知道結果，才讓人覺得無趣。

「所以我只會做最低限度的干涉。因為要是我插手太多，結果就會變得顯而易見。不過，只要覺得插手會讓事情變得有趣，我就會毫不猶豫地去做。」

她自始至終都是一個置身事外的旁觀者。

正因為她自己動手會讓結局無法改變，所以她只會像是在看電影一樣束手旁觀。

「我最近正好因為缺乏娛樂而感到無聊。所以，我很期待妳的表現。妳就盡力取悅我吧。」

有別於這些話語，我在女子看著我的目光中看不出一絲期待或是喜悅。

就只有深不可測的黑暗般的漆黑目光射了過來。

自稱是邪神的那傢伙——D臉上沒有笑意，就只是注視著我。

1 抵達魔族領地

在兩頭地竜的引領下，馬車不斷前進。

由於這條路未經鋪設，路面凹凸不平，乘車體驗當然是差到極點。

因為隨便開口就會咬到舌頭，所以誰也沒有說話，馬車裡就只有車子行駛時發出的碰撞聲。

我？

不小心暈馬車了，怎樣？

因為是在馬車上暈車，所以是暈馬車。

呼……呼呼呼。

連我都不得不稱讚一下創造出精準的新詞彙的白己。

真不愧是我。簡直就是天才。

「小白一臉快死掉的樣子，我們是不是差不多該休息了？」

雖然魔王好像說了些什麼，但我就跟大家看到的一樣，身體狀況好到會暈馬車的地步呢。喔耶——！

「小白，妳還好吧？嗯，看來是不好。她已經幾乎昏死過去了。」

哼，這個臭魔王在說什麼傻話。

本小姐怎麼可能被馬車搖晃到昏倒。

「愛麗兒大人，我們馬上就要抵達下個目的地了，這樣還要休息嗎？」

梅拉的聲音從馬車的車夫座位傳來。

他似乎是在問，只要再稍微忍耐一下就能抵達目的地了，就算是這樣也要休息嗎？

「那我們就趁小白昏死過去的時候趕路吧。」

「我明白了。那我就繼續駕車前進了。」

我明明就說我沒有昏倒了。

馬車就這樣繼續行駛，朝向目的地前進。

前往我們將在魔族領地初次造訪的城鎮。

「……這地方跟我想的不太一樣。」

在城鎮的旅館裡醒過來的我，聽到吸血子如此抱怨。

啊！不，不是這樣的。我一直都很清醒。

絕對沒有昏倒。

我說沒有就是沒有。

先不管這個了，我還在想是什麼事情讓她這麼不滿，結果只是件小事。

「太普通了。」

這就是原因。

聽到她這麼說，我看向旅館內部的裝潢，發現雖然很豪華，卻跟人族領地的旅館差不多。至於外面是否會有所不同，至少在從窗戶俯瞰出去的街景中，我找不到任何新奇的東西。

嗯，我好像隱約能體會吸血子想要抱怨的心情了。

聽到魔族領地這幾個字，腦海中都會浮現出更加可怕的景象不是嗎？

比如說，在一年到頭都籠罩著厚實雲層的陰森地方，有著彷彿是魔女宅邸般長滿藤蔓的建築物，各式各樣的非人種族把該地擠得水洩不通，呈現出一團混沌的樣貌之類的。

可是結果如何？

太陽正發出燦爛炙熱的光芒。

混帳東西！就連在這種地方，你這傢伙也要逞淫威嗎！拜託你稍微休息一下吧！

……咳哼。

此外，建築物看起來都很正常，雖然很難說是一塵不染，但打掃得很乾淨，沒有長著藤蔓。

走在街上的人們也沒有長著角或翅膀，看起來非常正常。

就只有髮色種類異常的多這點，能讓人感覺到這裡不是地球。

雖然很想吐槽那種頭髮的色素到底是怎麼來的，但在人族領地也到處都能看到髮色五花八門的傢伙，由此可見不是只有魔族領地比較特別。

換句話說，所謂的魔族領地，其實跟人族領地沒什麼分別。

如果沒人告訴我，我甚至不會知道這裡是魔族領地。這裡跟人族領地的差別就是如此之小。

不過，因為人族領地也會因為地區不同而多少有些變化，所以也不能說是毫無差別。

真要說的話，魔族領地的這個城鎮，感覺起來有點像是人族領地的帝國。

如果無視於種族上的區別，帝國與魔族領地就等於是鄰國，就算有些相似之處，也不是什麼不可思議的事。

這我可以理解。

……不過，就是因為無法理解，吸血子才會露出不滿的表情。

「驚訝嗎？雖說是魔族，但他們的外表其實跟人族沒有太大差別。」

在沙發上舒服坐著的魔王，一邊搖晃著手中的葡萄酒杯，一邊露出得意的表情這麼說。

……難不成魔王只是為了讓我們嚇一跳，才會完全不告訴我們關於魔族的事情嗎？

在來到這裡的旅途中，包含吸血子在內，我們把魔族語大致學過了一遍。

畢竟不能溝通可是個大問題。

可是，我直到現在才發現，在我們學習的過程中，魔王很不自然地完全沒有提及關於魔族外表與文化的一切。

她為什麼要只為了做個小小的惡作劇，就花費幾年的時間做這種不必要的努力？

真不愧是老太婆，活了這麼久可不是活假的。太有耐心了。

「小白，妳剛才是不是在想非常失禮的事情？」

不不不，我絕對沒有在想那種事情。

「既然外表一樣，那人族與魔族到底有什麼不同？」

吸血子問了理所當然的問題。

「不同的地方很多。首先，最大的差別就是壽命的長度。魔族擁有比人族更長的壽命，雖然比不過妖精就是了。」

聽到妖精這兩個字，吸血子板起臉孔。

對於吸血子來說，妖精已經變成是會讓她在生理上感到厭惡的東西了。

「再來就是能力值的提升速度比人族更快。如果讓人族與魔族做同樣的訓練，魔族會變得比較強。」

雖然吸血子一臉不感興趣地聽著魔王說明，卻在聽到這裡時歪了歪頭。

「這些全都是優點不是嗎？如果是這樣的話，那人族豈不是毫無勝算了？」

壽命比較長，而且能力值也高。

光是聽到這些，就讓人覺得人族毫無勝算。

可是，在漫長的歷史中，人族與魔族一直打得有來有往。

而其原因簡單到讓人有點失望的地步。

「因為魔族的人口壓倒性的少。」

即使每個人的能力都強過敵人，但因為數量上處於絕對劣勢，所以打不贏以量取勝的人族。

魔族以質取勝，人族以量取勝。

由於雙方的總戰力不相上下，所以鬥爭才無法結束。

「雖然壽命很長，但出生率很低，導致人口無法增加。雖然魔族在各種方面幾乎都勝過人族，卻有著這唯一的弱點。」

即使每個魔族都強過人類，也還是會有極限。

如果人口無法增加，就會缺乏人力。

千萬別小看人力的重要性。

因為不管要做什麼事，都必須用到人力。

不光是單純在前線作戰的士兵，就連要在後方生產糧食也需要人力。

不管是農業、畜牧，還是狩獵，如果無法建立能穩定提供食物的生產系統，一個國家根本無力應付戰爭。

「而魔族目前的人口已經減少到相當嚴重的地步，其實根本沒有開戰的餘力。不過，那種事情與我無關。」

魔王只在說出最後一句話時莫名其妙地壓低了音量，然後一口氣喝光杯子裡的酒。

「外面的傢伙不進來嗎？」

魔王突然用略大的音量對著房門呼喊。

在場似乎只有我被這聲呼喊嚇到。
除了我之外的所有人都一臉不以為意地看著房門。
看來在場眾人都早已發現門外有人了。
哼！就是因為這樣，我才討厭這些能力值高，又有很多技能的傢伙。
我可是連門外有人都感覺不到。
真是太沒天理了。
「……打擾了。」
過了一會兒後，房門從外面被打開，一名中年男子走進房間。
雖然還稱不上豪華，但他穿著一看便知道很高級的衣服。
疑似隨從的傢伙們也跟著那名男子走進房間。
嗯。這傢伙顯然是個大人物。
而這位大人物走到魔王面前，跪了下去。
他居然跪下了！
這名顯然是位大人物的男子居然跪下了！
而且就連隨從們也全部一起跪下！
一群凶神惡煞的男人在外表看似蘿莉又似乎不是蘿莉的女孩子面前下跪了。
這種場面描述起來真是太糟糕了！

「屬下等人一直在等候您的歸來。」

「嗯。我回來了。」

太隨便了吧！

儘管大人物屈膝下跪，畢恭畢敬地問候，魔王卻只用隨便幾句話就打發掉人家。

看吧，雖然大人物毫無反應，但其中幾名隨從的身體抖了一下。

氣氛都被她破壞光了。

「啊，我來為大家介紹吧。這傢伙名叫亞格納，是統治這一帶的魔族領地的領主。因為旁邊剛好就是人族領地，所以算是邊境伯爵吧。他在魔族中算是大前輩，也是長期抵擋住人族攻勢的優秀將領。」

不對吧，魔王。

雖然妳是在稱讚人家，卻完全無視對方的存在，只顧著向我們說明，我覺得這樣不太對耶。

而且還叫他「這傢伙」。

看吧，其中一位隨從都已經氣到渾身發抖，跪在地上緊握拳頭了。

「喂，站起來自我介紹。」

「遵命！」

魔王無視現在的氣氛，對亞格納先生如此下令。

亞格納先生完全沒有表現出不滿，恭敬地照做。

「承蒙魔王大人介紹，在下名叫亞格納・萊瑟普。今後請各位多多關照。」

簡單做完自我介紹後，亞格納先生向我們微微一鞠躬。

嗯。他的動作乾淨俐落，一看就像是個軍人。

該怎麼說呢……讓人有種想叫他「上校」的衝動，以後就叫他「上校」吧。

上校這兩個字給人一種能幹的男人的印象。而少校這兩個字則給人一種城府很深的印象，聽起來就像是幕後黑手的感覺。

我想這位亞格納先生應該是真的很能幹，而不是虛有其表。

身為負責守護人族與魔族疆界的邊境伯爵，這樣的重要人物不可能不優秀。

就連這種地位與實力兼備的大人物也得向魔王下跪。

嗯，畢竟她是魔王嘛。

身為魔族中最偉大的人，接受屬下的跪拜也是理所當然的事。

不過，她可是魔王耶。

外表看起來一點都不像是魔王啊。

個性也很輕浮。

咦？你說她的個性會變成這樣，主要是因為與前身體部長融合的影響？

……我什麼都沒聽到喔。

「然後呢？你找我有什麼事？」

「是的！屬下聽說魔王大人回到此地，便急忙趕來問候。雖然對打擾您休息一事感到過意不去，但身為您忠實的臣子，沒有親自露面也是一種不敬，於是便決定前來覲見。」

亞格納先生將身體轉向魔王，單膝跪地，如此解釋。

他這些話是什麼意思？

難道這人只為了向魔王打聲招呼，就特地趕來這裡？

一個身負重責大任的邊境伯爵，居然不惜為此拋下職務。

不，這就表示魔王在魔族領地的影響力，大到讓他不得不這麼做是嗎？

「嗯，辛苦你了。打擾你工作，真是不好意思。」

魔王一點都沒有感到過意不去的樣子，大剌剌地坐在沙發上。

啊……而且她還若無其事地叫梅拉幫她倒酒。

梅拉你不用這麼聽話啦。

「不過，如你所見，我正在休息。反正你們也已經打過招呼，那就回到自己的工作崗位上吧。我們會先在這裡停留個兩三天，之後便會前往中央地區。在此之前，我有些事情要跟你商量，明天記得把時間空出來給我。」

在為打擾人家工作一事道歉的同時，魔王還硬要對方把明天的時間空出來，這個魔王果然不是當假的。

唉……有這種任性的上司，這傢伙實在是太慘了！

身為邊境伯爵這種重要人物的上校，想也知道不可能這麼輕易就排出時間吧。

「屬下明白了。那……明天午餐過後您方便嗎？」

居然排得出來嗎！

啊……不對，上校的隨從一副有話想說的樣子，而且眼神還游移不定，我想應該是排不出來吧。

我猜那位隨從肯定正在拚命思考，該如何把被意外打亂的行程表重新排好吧。

「沒問題，就定在那個時間吧。」

魔王一口答應，決定在明天吃完午餐後跟上校開會。

「那屬下就不打擾您了，請您好好休息。」

「嗯。如果可以的話，能派人再多送點酒和下酒菜過來嗎？」

「我馬上派人準備。如果您還有其他需要，只要跟在走廊待命的僕人說一聲就行了。」

即使面對魔王這種超級厚臉皮的要求，上校也面不改色地馬上答應。

這人根本就是個模範部下。

上校行禮後便離開房間，隨從們也跟著魚貫而出。

上校等人離開後，有好一段時間都沒人開口。

「……我算是徹底明白同時握有權力與暴力的人是什麼樣子了。」

吸血子露出藐視的眼神，用雖然不大卻能清楚聽見的聲音這麼說。

吸血子心目中的魔王股正在下跌。

「哼哼哼……要是再加上財力的話，我敢說在這世上就幾乎沒有辦不到的事了！就算每天都縱情玩樂，也不會有人敢抱怨！」

吸血子的眼神變得更不屑了。

吸血子心目中的魔王股跌個不停！

相較之下，梅拉依然面不改色，繼續把葡萄酒往魔王的杯子裡倒。

喂，梅拉先生，那種葡萄酒應該不是可以像那樣讓人猛灌的東西吧？

雖然我剛才醒過來時，誤以為這裡是普通的旅館，但看來這裡似乎是上校的私人城堡裡的其中一間房間。

我不認為這種地方提供的葡萄酒，會是那種隨處可見的便宜貨耶。

從剛才的情況看來，上校似乎把魔王當成貴賓在接待。

搞不好光是一瓶酒就貴得足以蓋一棟豪宅……

不，這個世界的葡萄酒行情不見得跟地球一樣，我也不確定這裡有沒有那麼貴的葡萄酒。

不過，不管是便宜還是昂貴，魔王平常喝酒時都是以桶為單位在喝，要是她也把這裡的葡萄酒喝掉那麼多的話……

上校，請堅強地活下去吧。

「大小姐，愛麗兒大人是出於深謀遠慮，才會擺出那種態度。」

當我忙著思考葡萄酒的價錢與對上校的家計造成的打擊時，終於看不下去的梅拉開口了。

我想也是。其實我也明白。

就只有吸血子不明白，對梅拉這番話完全摸不著頭緒。

吸血子注視著魔王，眼神從不屑變成純粹感到不可思議。

「咦？是這樣嗎？」

被她這樣盯著看，讓魔王露出苦笑。

「其實也沒有到深謀遠慮這麼厲害啦。真要說的話，這應該是心情上的問題吧。」

說到這裡，魔王突然閉上嘴巴。

正當我對這陣奇妙的沉默感到不解時，有人敲門了。

魔王准許對方進房後，推著手推車的女僕就進來了。

女僕小心翼翼地把手推車上的葡萄酒和下酒菜擺在桌上，向我們行禮後便離開房間。

等到女僕離開一段時間後，魔王才總算再次開口。

「你們覺得剛才那人如何？」

「雖然還不到懷有敵意的地步，但她心中肯定很不是滋味吧。」

回答了魔王這個抽象問題的人是梅拉。

因為吸血子甚至連問題背後的意義都沒察覺，而我這個人幾乎是不說話的！

由梅拉來回答才是正確解答！

不愧是擅長察言觀色的男人！梅拉，你真是隨從的榜樣！

「這也難怪，要是有預料之外的客人突然跑到家裡，自己還被主人要求要好好接待他們，任誰都會有那種反應吧。」

吸血子傻眼地喃喃自語，但天底下真的有這麼惡劣的客人嗎？

啊，原來她是在說我們嗎？

我還在想我們到底是怎麼未經預約就進到邊境伯爵這種大人物的城堡裡，原來是強行硬闖啊。

對於在城堡裡工作的人們來說，我們肯定造成了很大的困擾。

「沒錯，我們就是那種討厭的客人。」

妳自己說這種話都不會覺得難過嗎？

「不過，如果只是這樣的話，他們應該還不至於對我們懷有敵意，甚至是更進一步的殺意吧？」

聽到魔王這麼說，吸血子似乎也突然懂了。

「也就是說，妳是故意來找麻煩，想要逼出敵人嗎？」

聽到吸血子的答案，魔王揚起嘴角。

即使對方把敵意和殺意隱藏起來，一旦被人稍加刺激，就會難以壓抑那些情感，自然而然露出馬腳。

而魔王就是故意擺出旁若無人的態度，想要找出心中藏有那種情感的傢伙。

不過，這八成只是表面上的理由吧。

「至少在剛才那些前來問候的人之中，就有幾個這樣的傢伙。」

畢竟還有人氣到握緊拳頭全身發抖。

「換句話說，愛麗兒小姐覺得剛才那位亞格納先生無法信任嗎？」

「這我也不確定。為了搞清楚這點，我才會稍微挑釁他一下，但他不愧是魔族的老將，完全沒有露出馬腳。即使部下對我懷有不好的情感，也無從得知他本人的想法。不過，早在部下顯露出那種情感時，他就已經算是督導不周，必須扣分了。」

魔王這種說法等於是已經發現上校對她懷有負面情感了。

話說回來，原來上校是魔族的老將啊……

因為魔族比人族長壽，所以他的年紀比我想的還要大嗎？

活得夠久的人都是老狐狸。

總覺得光是活得夠久，就會讓人覺得那人城府很深，這應該算是一種偏見吧？

不過，不管怎麼說，我覺得都不能對他掉以輕心。

正因為如此，魔王才會避免讓城裡的人偷聽到我們的對話吧。

畢竟從剛才開始，每次只要有人來，我們就會停止交談。雖然我無從得知，但她應該也在防止竊聽這件事上下了功夫吧。

應該就連那個在門外待命的傢伙也無法聽見我們對話的內容才對。

「事情就是這樣，大家不用客氣，盡情放縱自己吧！」

說完，魔王把追加的葡萄酒一飲而盡，然後把手伸向下酒菜。

「……結果那才是妳最大的目的吧？」

即使吸血子再次用不屑的眼神看她，魔王也毫不在意地展現出散漫的模樣。

梅拉這次也沒有幫魔王講話，而是保持沉默。

梅拉有發現嗎？

發現魔王真正的目的……或者該說是她的心情。

我覺得吸血子剛才那些話並沒有錯。

只不過，那只是表面上的目的，不是真正的目的。

就如同她本人所說，那不是經過深謀遠慮的行動，而是心情上的問題。

我想魔王只是不想讓那些魔族跟自己太過親近。

在不久的將來，魔王就要率領魔族對人族開戰了。

然後，考慮到魔王的目的，她應該會用相當無情的方式讓魔族去戰鬥吧。

如果要達成魔王的目的，就必須死很多人。

換言之，這就等於魔王是要讓那些魔族前去送死。

所以，她才會避免跟他們太過親近。

魔王會對魔族擺出那種惹人厭的態度，也是為了避免那些魔族對她懷有好感。

對魔族來說，魔王是害他們前去送死的可恨傢伙。

魔王想要透過讓自己處於這種立場的方式，一肩扛下所有魔族的怨懟。

更重要的是，像這樣被魔族怨恨，或許被她當成是對自己的一種懲罰了吧。

這一切都只是我的猜測，並不是窺探魔王內心後得到的結論。

不過，我想我八成沒有猜錯。

唉……她這人是不是太好心了啊？

雖然到頭來她還是會讓魔族前去送死，不算是徹頭徹尾的好人，但如果要自稱魔王，我覺得還是太溫柔了點。

不過，因為她的溫柔而受惠良多的我，也沒資格說這種話就是了。

我一邊想著這些事，一邊自然地在魔王身旁坐下，把手伸向下酒菜。

哼，我的字典裡本來就沒有「客氣」這兩個字！

有得吃就吃！我才不管會不會被當成奧客！

啊，這個像是肉乾的東西有點鹹。

我想喝點東西。

我悄悄把手伸向擺在旁邊的酒瓶，卻在途中被人一把抓住。

「小白，未滿二十歲不能喝酒喔。」

魔王一邊抓著我的手，一邊笑咪咪地出言提醒。

咕唔唔！只喝一點有什麼關係嘛！

真要說的話，都是大口喝著酒的魔王不好吧！

要是有人在自己眼前那樣喝酒，當然會對那些酒的滋味感到好奇，想要實際品嚐一下吧！

雖然日本有著未滿二十歲不能喝酒的規定，但這裡可是異世界，我覺得應該可以無視這樣的法律！

「規定就是規定。不行就是不行。」

嘖！沒必要在這種時候擺出祖母的架子吧。

我總有一天要背著魔王偷偷喝酒。

我心不甘情不願地把手收回去，梅拉立刻把沒有酒精的飲料遞了過來。

梅拉，你真不愧是隨從的典範！

「梅拉佐菲，麻煩也給我一杯。」

吸血子也立刻妒火中燒。

嗯，一切就跟往常一樣。

該怎麼說呢……真是和平。

也許是因為成功達成抵達魔族領地這個大目標，連我都知道自己鬆懈下來了。

我覺得就這樣在魔王的庇護下安穩度日也是個不錯的選擇。

可是，我想這八成是無法實現的願望吧。

真希望這種和平的日子能夠持續久一點。

沒辦法嗎？

這樣啊……

唉……真沒天理。

亞格納

他的本名是亞格納·萊瑟普，也是魔族領地的邊境伯爵。從前前任魔王那一代開始，他就是治理魔族領地的邊境——萊瑟普地區的領主。同時也是率領國防主力——魔王軍第一軍團的軍團長。在文武兩道上，他都強過其他魔族，如果不是有愛麗兒這個無人能及的強者，就算被指派為魔王也不奇怪。為了復興魔族，他不惜利用妖精的力量，還一邊對愛麗兒保持恭順的態度，一邊暗中找尋對付她的方法，有著可以為了魔族利益不擇手段的強悍心靈。

間章　魔族老將的暗中奮鬥

「亞格納大人，時間差不多了。」

我從祕書口中得知與魔王大人會談的時間快到了，便從正在處理的文件中抬起頭來。就算不用祕書提醒，我也一直有把這件事放在心上。

因此，我不慌不忙地收拾好文件，把筆放下站了起來。

「知道了。我們走吧。」

我早已準備就緒。

我毫不猶豫地邁出腳步，祕書們也緊跟在後。

從他們的樣子看來，一看就知道他們跟平常不太一樣，似乎有些緊張。

昨天，行蹤不明的魔王大人突然出現在這座城堡，讓這裡的氣氛變得跟平常不太一樣。

前任魔王在行蹤不明的情況下，死在我們不知道的地方，然後現任魔王便當上了新的魔王。

老實說，我不否認自己曾經有過希望她跟前任魔王一樣繼續失蹤下去的想法。

考慮到魔族的現況，魔王這種傢伙不存在反倒更好。

魔族與人族的戰爭持續了許多年。

這讓魔族國力疲憊，不斷累積的傷害惡化到無法挽回的地步。

土地荒廢，人口減少，勞動力隨之降低，人民因此挨餓。

一旦人民挨餓，勞動力又會降低，導致糧食生產力下降。

變成一種惡性循環。

現在可不是戰爭的時候。

因此，前任魔王失蹤，對魔族來說可算是一大福音。

只要魔王不在，就不需要戰爭。

我們與人族暫時休戰，專心處理內政，找回喪失的國力。

多虧了這項政策，在魔王不在的期間，人民的生活穩定了許多。

可是，就只有減少的人口遲遲無法增加。

這是因為出生率降低，初期的飢荒也導致不少幼兒餓死，魔物造成的損害也不少。

雖然魔族稍微有了些餘力，但情況依然十分危急。

在這種情況下……

當我忙著思考時，我們已經抵達魔王等候的房間了。

我差點就直接開門，但還是及時打住，用手敲了敲門。

「請進。」

房裡的人出聲同意後，我這才開門進房。

「哈囉，有勞你了。」

迎接我們的嬌小少女輕鬆自在地舉手打招呼。

她就是現任魔王。

外表看起來只是個普通的孩子。

不過，從她體內滿溢而出的那股無法壓抑的霸氣，告訴我眼前的少女並非凡人。

即使已經努力隱藏，其實力依然可見一斑的強者，在我的人生中，也就只有這位魔王大人了。

就算隔著一扇門，也能讓人感受到她的存在，其存在感就是如此強大。

「抱歉，屬下來遲了。」

「沒關係，是我自己要提早過來的，這不是你的錯。」

我原本打算先進房等候，卻反過來讓魔王大人等我。

對於我的失態，魔王大人一笑置之。

雖然她的行動看似有容乃大，但沒人知道她的內心到底是怎麼想的。

「別站著說話了，找個地方坐吧。」

「遵命！那屬下失禮了。」

我在魔王大人對面的沙發上坐下。

祕書們在我身後站著。

相較之下，魔王大人只有自己一個人。

雖然我昨天前去問候時，有看到她帶著幾個人，但那些人全都沒有出現。

除了一個人之外，其他人都是小女生，但那些人也全都不像只有外表看起來那樣。

不過，就算沒有帶著那些人，魔王大人也不會有事。

因為她根本就不需要護衛。

可怕……這人實在是太可怕了。

「雖然昨天已經說過，但能看到您平安歸來，屬下實在是喜出望外。」

「哦……喜出望外……是這樣嗎？」

雖然我先對魔王歸來一事表達歡喜之意，作為開場的問候，但魔王的反應並不是很好。

她的目光越過我，看向站在我身後的祕書們。

「請您稍待片刻。」

我從中察覺到危險的徵兆，把祕書叫過來，說出幾個人的名字，吩咐祕書請他們離開。

不久後，在付諸行動的祕書的催促下，被魔王大人盯上的傢伙們就離開了。

「非常抱歉。屬下之後會對那些傢伙下達處分。」

「嗯。真不愧是你，很清楚我的想法嘛。」

看來我並沒有做錯。

魔王大人心滿意足地點了點頭。

「要是有人隨便頂撞我，也只是增添我的麻煩。我只想要順從我的戰力……願意為我而戰，為我而死的戰力。你懂吧？」

魔王大人若無其事地說出可怕的話。

先讓那些血氣方剛的傢伙離開果然是對的。

如果有人在這種場合稍微展現出反抗的心，說不定會被魔王大人殺掉，以儆效尤。

「好好勸勸自己部下吧。看他們是要跟人族戰鬥，還是被我殺掉。我比較建議選擇前者，因為如果選擇後者，他們活下來的機率恐怕連萬分之一都不到。」

這些話等於是在告訴我們，魔王大人個人的戰鬥力比整個人族還要強。

如果是魔王大人以外的人說這種話，我可以當成是戲言一笑置之。

可是，我無法否定這些話。

「我希望能盡快增強軍備。」

雖然聽起來像是在拜託我，但其實是在對我下命令。

「屬下明白了。」

「嗯，交給你了喔。」

我沒有權利說不。

之後，我們針對今後計畫的細節等等交換了想法，結束了這場會談。

「呼……」

「辛苦您了。」

回到辦公室後，我忍不住嘆了口氣，祕書趕緊出言慰勞。

「是啊，累死人了。我不知道已經有多久不曾這麼累了。」

我會說這種喪氣話，也是因為房間裡只有多年來與我同甘共苦的祕書。

「不過，我不能喊累。」

我打開桌子抽屜，拿出放在裡面的東西。

那是大小剛好能讓人一手握住，名叫手機的機械。

我按下手機上的唯一一個按鈕。

據說在年代久遠的古代文明中，這種手機可以用來跟遠方的各種人物對話。

不過，我手中的手機並沒有那麼強大的功能。

這支手機只能打給一個人。

把手機擺到耳邊後，撥號聲響了一段時間，然後才響起電話接通的聲音。

「是我。亞格納。聽得到我的聲音嗎？」

『嗯。聽得到。』

我聽到的是話語中不帶一絲情感的男性聲音。

聲音的主人名叫波狄瑪斯．帕菲納斯。

他是妖精族長，將古代祕法傳到現代的異端人士。

「如你所說，魔王大人回來了。」

幾天前，我透過電話從波狄瑪斯口中得知，魔王大人近期將會回到這裡。

因此，我把魔王大人的特徵告訴大門衛兵，要他們如果看到符合特徵的人物出現，就恭敬地把她請到城裡。

為了避免太過不自然，我臨時派遣監視員前往魔之山脈，假裝是透過監視員得知魔王大人歸來一事。

這塊領地如今已經連在魔之山脈常駐監視員的餘力都沒有了。

可是，今後可不能這樣。

『然後呢？你應該不是只為了報告這種事，就專程打電話給我吧？』

波狄瑪斯看穿我的想法，問了這個問題。

「沒錯。我想知道魔之山脈的人族領地出口的狀況。最近幾天有沒有一位額頭長角的少年從那邊離開？」

『嗯……』

面對我的問題，波狄瑪斯沉默片刻，彷彿在思考一樣。

在剛才的會談中，魔王大人提到了這樣的可能性。

她事先聲明她覺得不可能發生後，說那名長角的少年有可能會跨越魔之山脈現身。

這表示那名少年有可能會闖過冰龍的地盤。

萬一那名長角少年現身，千萬不要隨便刺激他，立刻聯絡魔王大人。

這就是魔王大人在會談結束前交代的事情。

至於那名長角少年與魔王大人是什麼關係，她沒有告訴我。

不過，既然魔王大人會特地如此吩咐，就表示這件事對她來說很重要。

雖然我曾思考過能否加以利用這點，但因為魔王大人已經說過她覺得不可能會發生，所以我想那傢伙應該不會來到這裡。

對於這種微不足道，而且想不到該如何利用的機會，我現在可沒有餘力顧及。

『……我這邊並沒有接到有著那種特徵的少年出現的報告。不過，為了保險起見，我會派人在魔之山脈的入口監視。』

「感激不盡。」

在道謝的同時，我也在腦袋裡思考。

因為聽到這樣的回答，我得知不光是魔王大人，就連這名男子也很在意那名長角的少年。

他可是那個波狄瑪斯．帕菲納斯。

如果不光是魔王，就連波狄瑪斯都很在意那名少年，那我是不是不該置之不理？

「關於那名少年，你知道什麼嗎？」

『我不清楚長角少年的事情。但這裡不久前發生了特異種巨魔傷害大量冒險者的事件。照理

來說，應該會覺得其中有著某種關聯吧？』

「原來如此。」

特異種巨魔啊……

巨魔確實是長著角的人型魔物。

然後，雖然非常少見，但據說只要巨魔不斷進化，最後就能進化成外型與人類相近的鬼人。

如果那隻特異種巨魔不斷進化變成鬼人的話，那一切就都說得通了。

不過，也就只是這樣罷了。

波狄瑪斯告訴我的，都是只要稍微調查一下就能得知的事情。

雖然鬼人很罕見，但我不認為這點程度的小事，就能引起魔王大人與波狄瑪斯的興趣。

他肯定對我有所隱瞞。

不過，就算我繼續逼問，波狄瑪斯應該也不會鬆口吧。

「謝謝你提供情報。」

『別客氣，我只是做身為朋友該做的事。』

朋友……應該是棋子才對吧。

「要是又有什麼事情，我會再跟你聯絡的。」

『好。我這邊說不定也會有事情需要你幫忙，到時候就麻煩你了。』

「嗯。」

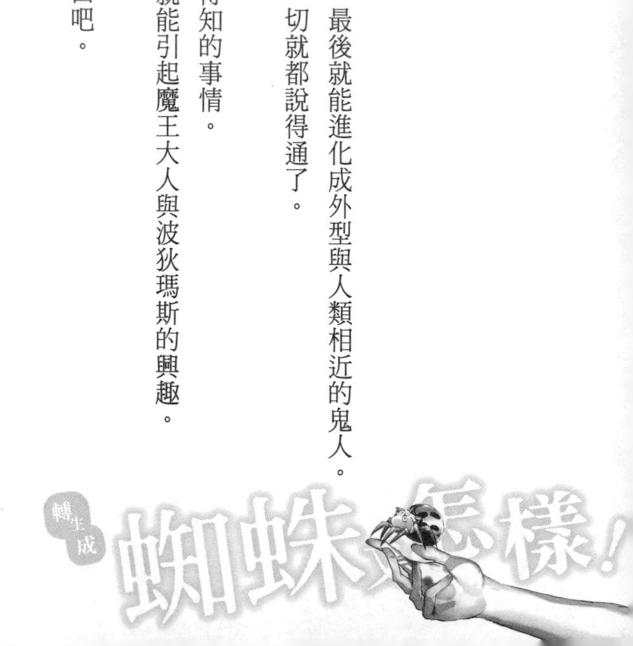

我結束通話。

下一個瞬間，跟與魔王大人結束會談時同樣的疲勞感向我襲來。

「呼……」

「辛苦您了。」

我跟祕書重演了一次跟剛回到這房間時完全相同的互動。

「是啊。不管是魔王大人還是波狄瑪斯，應付起來都很費神，實在叫人受不了。」

如果可以的話，我其實不想跟他們扯上關係。

可是，這是個無法實現的願望。

魔王大人位於魔族的頂點，而妖精則對魔族的復興造成了重大的影響。

包含糧食援助與技術提供在內，如果沒有來自妖精的援助，魔族不可能復興到這種地步。

即使明知背後藏有波狄瑪斯的陰謀，我也不得不接受。

然後，正因為欠了他這筆人情，我無法對他冷臉相待。

……波狄瑪斯應該是這麼想的吧。

「別以為每個人都會照著自己的想法行動。」

魔王大人還對我下達了另一個指示，但我沒有告訴波狄瑪斯。

那就是把妖精從魔族領地趕出去。

「魔王大人還真是給了我一個天大的難題。」

魔族領地是因為有妖精的援助才能得救。
這是每個魔族都知道的事情。
絕大多數的魔族都很感謝妖精。
而魔王大人卻要我用權力排除那些妖精。
想也知道人民會有所反抗。
要是對魔王大人言聽計從，魔族就會從內部出現紛亂，將來還得對人族展開大規模的戰爭。
話雖如此，要是違抗魔王大人，也只會被她親手消滅。
不管是前進還是後退，都是險阻重重。
不管怎麼想，魔族的未來都是一片黑暗。
可是，我不能放棄希望。
為了魔族的未來，我必須不斷找尋活路。
我要利用能夠利用的一切，找出那條活路。
無論那條路有多窄都要找到。
幸好魔王大人過幾天就會離開此地。
這麼一來，我就多少能夠自由行動了。
魔王大人要前往的地方是魔族領地的中心城市——菲沙洛。
那是由巴魯多·菲沙洛治理的歷代魔王據點。

雖然巴魯多是個優秀的男人，但有些太聽話了。
正因為他優秀，能夠預知結果，所以不會做出違背魔王大人這種蠢事。
如果他能再更狡猾一點，應該會更有前途吧。
不過，他現在只要維持這樣就好。
只要對魔王大人百依百順就好，最好是能贏得她的信任。
至於骯髒的事情，就交給我來做吧。
我要一邊假裝服從魔王大人的命令，一邊與妖精保持聯繫，然後找尋魔族的存活之道。
「不管對手是魔王大人還是妖精，我都要騙過他們，讓魔族得以倖存。」
無論那有多麼困難。

裏鬼1　前任劍帝——雷卡

我有過力量。
回顧我的人生，有一半以上的日子都染上了鬥爭的色彩。
被刀刃的深灰色與鮮血的紅色占滿。
我有過榮耀。
人族的防波堤是連克山杜帝國，而位於其頂點的劍帝就是我。
我正是人族的守護者。
我有過夢想。
總有一天，我要完全擊敗魔族，為世間帶來長久的和平。
年輕時，我相信這個夢想必將實現。
然而，現實並沒有那麼簡單。
死亡總是伴隨著我。
跨越無數敵人堆起的屍山，我把和屍山一樣多，甚至更多的戰友送往神言之神身旁。
連我自己都曾數次感受到死亡。

我厭倦了。

厭倦永無休止的鬥爭人生。

厭倦身旁充滿死亡的日常。

我感到疑惑。

為什麼我們必須互相爭鬥？

人族與魔族都一直不惜犧牲拚命戰鬥。

血流成河，怨聲載道，帶著遺憾不斷死去。

其中沒有希望，也無暇擁抱夢想，就只有不斷鬥爭的日子。

為了榮耀，為了夢想，我竭盡全力。

不過，那些寶物都在不知不覺間褪色了。

我對這種經常與死亡為伍的情況感到厭倦，在不知不覺間開始懷疑戰鬥的意義。

即使如此，我還是不得不戰鬥。

我是劍帝。

站在連克山杜帝國的頂點，號稱劍術最強的男人。

就跟號稱魔法最強的戰友一樣，是帶領人族獲勝的貴重戰力。

為了取得勝利，我註定得活在戰場上。

「我的魔法之力，是為了保護無辜的人民而存在。」

我那位號稱魔法最強的戰友——羅南特，毫不猶豫地如此斷言。
基於自己的信念，對於使用力量一事，他不會有所猶豫。
看到他這種過於正直的模樣，我有點羨慕。
我羨慕他那顆能夠完全相信自己的強悍的心。
羨慕他那種即使被死亡包圍，也能胸懷永不褪色的理想的人性光輝。
雖然個性有些古怪是美中不足之處，但名叫羅南特的男子毫無疑問是個英雄。
正因為如此，我相信就算沒有我，只要還有羅南特，就不用替人族擔心。
不過，那傢伙應該會說「你到底在說什麼傻話！」吧。
於是，趁著魔王被討伐，我拋下了一切。
正好在這個時候，魔族也已經撐到極限，雙方都無力再戰，也給了我這麼做的動力。
如果沒有戰爭，就沒有我出場的機會。
我把大半輩子都用在戰爭上，即使擅長揮劍、指揮軍隊，也不適合處理政事。
如果是在戰時，我還能當個武王。
然而，我不認為一個只會打仗的君王，在和平時期掌權會有好結果。
幸好我的兒子跟我不一樣，擅長處理政事。
在這個沒有爭鬥的時代，人民需要的不是武王，而是能讓國家安定發展的賢王。
我很快就從劍帝退位，交給兒子接任，自己跑去隱居。

這或許是報應吧。

也或許我就是為了這一刻而來到這裡。

我發現山裡最近這幾天不太安穩。

還發現其元凶正往我這裡前進。

雖然住在魔之山脈的龍群試圖擋下他，但牠們的努力毫無意義，那傢伙依然順利地往這裡前進。

從連龍都擋不住那個毫不掩飾自身發出的不祥氣息的傢伙這點來看，不難想像那傢伙抵達這裡後會發生什麼事。

暴力帶來的蹂躪將會在此地上演。

除了我之外，這裡沒有能夠與之對抗的戰力。

就連我都因為年老，以及離開戰場已有一段時間而身手退步，沒有全盛時期的實力。

就算我還擁有全盛時期的實力，面對連龍都擋不住的對手，我能抵抗到什麼地步也都還是未知數。

即使如此，我也無法在這時選擇退縮。

從劍帝退位之後，我一直在這個地方安穩度日，我必須報答這份恩情才行。

「呼……」

我大大地吐了口氣。

因為已經遠離戰場許久，我想要把積在體內的鏽蝕一吐而空。

為了捨棄掉在平穩日子中培養出的溫情。

已經讓其他居民都順利避難了。

幸好這裡只是魔之山脈底下的小村子，人口並不多。

村民已經迅速地順利避難了，就算最糟糕的情況發生，村子因為被戰火波及而毀滅，損失也不大。

如果可以的話，我不希望事情演變成那樣，才會在遠離村子的地方待命。

我做好迎擊敵人的準備了。

現役時代使用的裝備全都留在祖國。

那不是屬於我個人的東西，而是屬於劍帝與國家的東西。

從劍帝寶座退下的我沒有資格使用。

我現在裝備的是用自己的財產打造的備用品。

雖然比不上留在祖國的國寶級裝備，品質也算是一流的。

這是用罕見的闇龍為素材打造而成的裝備。

闇龍跟光龍一樣，是極少在人類面前現身的龍。

如果不闖進龍的棲息地，就不太有機會見到牠們，但闇龍與光龍也並沒有明確的棲息地。

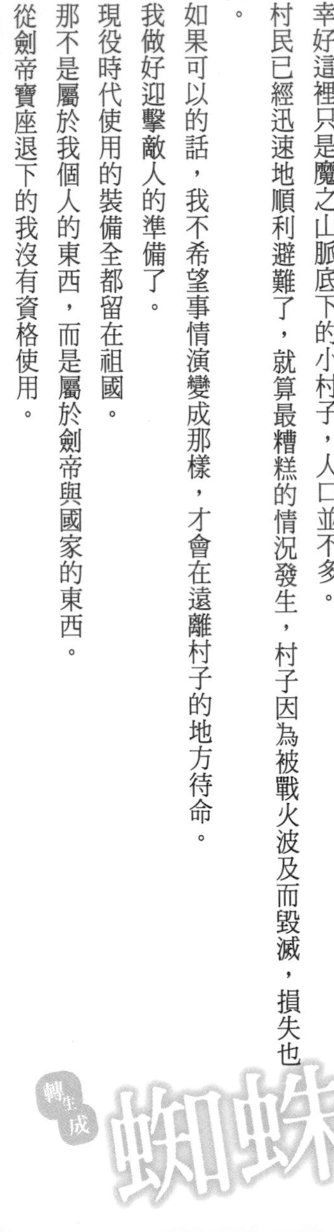

據說我身上裝備的材料，是好幾代前的勇者偶然擊敗的闇龍身上的素材。
除了我身上的這一套裝備，祖國還留有另外一套。
其性質是能夠削弱對手的力量。
龍擁有削弱魔法的能力，而闇龍還多了詛咒的屬性。
只要用以闇龍素材打造的劍砍中對手，就能讓敵人的能力減弱。
魔法也是一樣。
只要用這把劍一砍，搭配劍上原本就具備的削弱魔法的龍之力，幾乎能讓所有的魔法效力盡失。
用同樣素材打造而成的鎧甲，也擁有強大的魔法抵抗力。
對於主打近身戰的我來說，是非常合適的裝備。
雖然在等級上比不過我在現役時代使用的國寶，也就是以過去犧牲了勇者與其率領的軍團才擊敗的女王蜘蛛怪身上的素材打造的套裝，但仍是各方名將都渴望得到的好東西。
然而，即使擁有這樣的裝備，我還是不敢保證能打贏這次的敵人。
畢竟就連真正的龍都擋不住那傢伙。
為了壓下湧上心頭的不安，我再次檢查裝備，看看有沒有問題。
沒問題。
各式各樣的恢復藥也全都帶在身上了。

以即使是瀕死的重傷也能瞬間癒合的最高級恢復藥為首，就連魔力恢復藥、技力恢復藥和異常狀態恢復藥，也全都裝進掛在腰際的異空間收納袋裡面了。

雖然這些恢復藥與貴重的異空間收納袋價值不菲，但我這個將死之人沒理由捨不得用。

我八成會死吧。

面對連龍都無法擋下的對手，我沒道理能夠戰勝。

我頂多只能拖延時間。

只能爭取時間讓其他居民逃跑。

我甚至不確定這麼做有沒有意義。

面對如此強悍的對手，拉開敵我雙方的距離真的有意義嗎？

我現在會感到不安，並不是因為死亡，而是因為不確定爭取時間到底有沒有意義。

因為我不確定自己的死到底有沒有意義。

可是，這總比坐以待斃來得好。

比起坐等自己年老死去，戰死沙場似乎更適合我。

一想到自己親手奪走了多少生命，就覺得彷彿睡著一樣躺在床上安穩死去太過不切實際，一點都不適合我。

但是，就算我白白送命也無所謂。

即使那可能毫無意義，但戰死這件事本來就幾乎沒有意義可言。

這就是離開戰場後，我在平穩的生活中找到的答案。

就結論而言，戰鬥這件事本來就毫無意義。

以大局來看，可能是為國為民，但以個人的角度來看，連思考戰鬥的意義一事本身也毫無意義。

重點就只有自己能不能夠接受。

然後，我接受了這一切，站在這個地方。

這樣就夠了。

被譽為劍神的男人的葬身之地就決定是這裡了。

我做好覺悟，靜待那一刻的到來。

然後，等了一段時間後，那傢伙終於出現在我眼前。

「真想不到……」

我不禁小聲呢喃。

因為那不祥的氣息，我還以為對方是什麼魑魅魍魎，沒想到出現的卻是一個還只算是少年的年輕人型魔物。

可是，有別於那年輕的外表，對方身上散發出惡鬼羅剎的氣息。

光是與他對峙，鎧甲內側就開始被討厭的冷汗沾濕。

對方看起來就像是肩負了這世間的一切罪惡的殘虐化身。

「吼喔喔喔喔！」

惡鬼咆哮。

在此同時，直到剛才還在與惡鬼戰鬥的龍斷氣了。

嗯？惡鬼的身體有一瞬間好像發光了，怎麼回事？

他身上的傷痊癒了嗎？

大概是因為惡鬼與龍的戰鬥超乎想像的激烈，所以雙方身上都留下了深深的傷痕，但惡鬼身上的傷全都隨著那道光消失了。

難道他學會了相當高階的治療魔法嗎？

不過就我所知，即使把治療魔法練到極致，也無法發揮出那種程度的效果。

不管真相到底是如何，在惡鬼與龍一戰累積的傷害消失的現在，我的勝算已經完全消失了。

雖然我原本還對此心存僥倖，但天底下果然沒有那麼便宜的事情。

「世事果然無法盡如人意……」

也許是對我的聲音有所反應，惡鬼回過頭來。

「吼喔喔喔喔！」

然後一邊吼叫一邊蹬地衝了過來。

沒有溝通的餘地。

看到對方是人型魔物，我曾經想過，不知道有沒有一點透過對話解決問題的可能性，但對方看起來好像聽不懂人話，那種事應該辦不到才對。

就算能夠溝通，也有可能跟與魔族戰爭時一樣，終究還是免不了一戰。

反倒是因為對方聽不懂人話，就跟野獸差不多，我才能毫無顧慮地戰鬥。

「在下是劍神——雷卡．邦恩．連克山杜。只求一戰！」

雖然就算報上名號，我也不認為對方會聽，但我還是想對即將殺死自己的人說出這句話。

這也算是我對戰鬥的一種妥協吧。

如我所料，惡鬼無視我的自我介紹，揮劍砍了過來。

我躲過其中一把劍，揮劍格開另一把劍。

惡鬼所使用的劍法，是雙手各拿一把劍的二刀流。

雖然攻擊次數增加了，但每一擊的威力會減弱，防禦也會變得困難，所以很少有人會使用這種劍法。

而且惡鬼手中的劍相當罕見，有著呈平緩弧線的細長劍身。

我不認為那是考慮到防禦面所做出的設計，似乎是為了配合二刀流這種劍法，把重心擺在攻擊面上。

更準確來說，應該是捨棄了防禦才對。

那種不惜自己受傷，一心追求攻擊能力的姿態，果然有惡鬼的風格。

對付那種只考慮到攻擊能力的劍，要是正面與之對砍，我的劍只會被砍斷。
那劍的一擊中蘊含的力量就是如此巨大。
不，對方的所有攻擊都足以要我的命，有著必殺的威力。
像是要證明這點一樣，惡鬼被我格開的劍輕易劈開了地面。
在看到這傢伙時，直覺就告訴我對方的能力值比我更強，讓我一直保持警戒，但我的判斷還是太天真了。
「吼喔喔！」
惡鬼咆哮。
尋常的嘶吼化為聲音的砲彈向我襲來。
耳朵感到一陣刺痛，彷彿被人毆打般的衝擊貫穿身體。
就連既不是技能也不是什麼的咆哮都有這種威力。
惡鬼一邊踏碎地面一邊揮劍。
我往後退了一大步，同時誇張地跳向一旁。
惡鬼只用一步就追上我盡全力後退的距離，逼近至我剛才所在的位置。
在劍揮舞的軌跡的延長之上，一道紫電飛射出去。
那果然是魔劍嗎？
而且還是相當厲害的魔劍。

即使砍過龍，細長的刀身上也沒有留下損傷。

雖然刀身細長，但看起來相當堅硬。

既然如此，那我或許應該捨棄掉那種劍不適合防禦的想法。

要是僅憑臆測就去應對，很可能會在意想不到的地方被反將一軍。

此外，雖然這個惡鬼看似失控，但其戰鬥方式並非只靠蠻幹。

會運用魔劍之力便是最好的證據。

雖然看似失去理智，但還是能靠著本能發揮戰鬥的技巧。

即使劍術還不純熟，但也懂得要讓刀刃垂直劈砍這種最基礎的技巧。

毫無理性的野獸不可能如此。

真是個麻煩的對手。

要是他只懂得蠻幹，那我還有辦法對付。

我必須小心應戰。

還得考慮到這傢伙只是假裝失控的可能性，在迎戰前先設想好每一種狀況。

對方原本就是能力值比我更強的敵人。

就算再怎麼謹慎也不為過。

惡鬼揮劍了。

那是彷彿小孩子在胡鬧，或者說是有如外行人般的拙劣劍法。

然而，一旦直接命中，對方的每一擊都能輕易奪走我的生命。

此外，雖說動作就跟個外行人一樣，揮劍速度卻快到一般人根本看不見的地步。

就連被譽為劍術最強的我，都很難用肉眼看清楚。

我是靠著觀察惡鬼身體的動作，判斷揮劍的軌跡，才能勉強避開攻擊。

只要有一瞬間閃神，我的生命就會瞬間消逝。

「吼喔喔喔喔喔！」

惡鬼焦急地大聲咆哮，揮出右手的劍。

火焰從劍噴出，包覆住惡鬼的身體。

不光是左手的雷之魔劍，就連右手的劍也是魔劍嗎？

烈焰纏身的惡鬼高舉著劍衝了過來。

可是，如果是往特定方向射出的攻擊就算了，像這種連自己都燒不死的持續放射攻擊，只會成為闇龍裝備的餌食！

火焰一碰到我的闇龍魔劍的劍尖，就因為闇龍的詛咒之力而減弱，然後又進一步被龍的魔法減弱效果完全撲滅。

惡鬼嚇了一跳，攻勢受挫。我趁機閃過他的劍，往他身上砍了一刀。

可是太淺了。

而且好硬。

傳到手上的不是切肉斷骨的觸感，而是刀刃被硬物擋下的感覺。
別說是肉了，就連皮都砍不裂嗎？
不過，闇龍之力確實對敵人產生效果了。
雖然肉眼看不出差別，但闇龍的詛咒之力讓惡鬼的能力值降低了。
即使一次攻擊造成的傷害微不足道，但只要不斷揮劍，或許遲早能把他削弱到皮膚會被砍傷的地步吧。
至於這件事有多麼困難，我自己最清楚不過了。
就算我成功將對方削弱，我也不確定自己是不是這樣就能砍傷對方。
雖然闇龍的詛咒之力很強大，但能夠削弱的能力值是有限的。
天曉得降低到極限後能不能對他造成傷害。
此外，就算成功把他削弱到會能被砍傷的地步，我也得繼續攻擊，直到耗盡惡鬼的ＨＰ為止。
我應該毫無勝算吧。
因為相較於必須擊中對方成千上百次的我，惡鬼只需要砍中我一次就行了。
在這種連一瞬間都不能大意的戰鬥中，我必須在長期戰中找到勝算。
我甚至不確定自己有沒有勝算。
即使在以劍帝的身分長年征戰時，我也不曾遇過這樣的苦戰。

然而，對此我早已了然於心。

反倒是還有一絲勝算就已經是萬幸了。

我當初的目的就是爭取時間。

如果敵人有著龍那種遠比人類龐大的身軀，我說不定連爭取時間都辦不到。

對手是人型魔物，而且戰技還不成熟。

對於能力值遠遜於對手的我來說，眼前的惡鬼或許可說是最能爭取到時間的敵人了。

既然如此，那我就緊抓著那一絲勝算，盡可能爭取時間吧。

賭上劍技最強的名號、被譽為劍神的劍技，還有我的一切。

不曉得到底過了多久。

感覺像是只有一瞬間，又像是永遠一樣漫長。

在跟我交手過的敵人之中，惡鬼是最後一位敵人，也是最強的一個。

此外，恐怕就連戰鬥時間也是最長的一次。

我不知道太陽升起了幾次，又降下了幾次。

由於我在途中便捨棄了多餘的念頭，才會連這種事都不知道。

越是集中精神，就越覺得意識彷彿逐漸消失。

我捨棄掉意識，換來專心戰鬥的注意力。

藉由捨棄自我，化身為純粹的戰鬥機器。

我沒想過到了這個歲數，還能把劍術練到另一個高峰。

如果可以的話，我真想把斬斷雷電的經驗傳承給徒弟。

雖然我不認為徒弟學得來就是了。

但是，我已經看到終點了。

能夠像現在這樣思考便是最好的證據。

雖然我不惜放棄思考也要專心戰鬥，把注意力提高到極限，但已經快要持續不下去了。

其原因是體力耗盡。

來自惡鬼的攻擊，我全都擋下了。

不管是能斬斷一切的劍，還是凶猛的火焰旋風，還是飛射而出的紫電雷光，全都擋下了。

我不曾被直接擊中。

然而，這不代表我沒有受傷。

光是把劍格開，手臂的骨頭就喀喀作響。

灼熱的火焰讓肌膚燙傷。

紫電的強光與巨響讓五感錯亂。

闇龍鎧甲數次為我擋下這些傷害，卻在漫長的戰鬥中不知不覺地失去原型，已經沒有其能力了。

幸好我成功地靠著鎧甲的犧牲，把惡鬼的魔力耗盡了。

在鎧甲即將碎裂前，他就不再使用魔劍之力了。

我猜是因為他已經耗盡魔力，再也無法操縱魔劍。

犧牲了鎧甲後，我趁著惡鬼露出些許破綻時喝下恢復藥，治好身上的傷。

也靠著同樣的方式恢復魔力與技力。

在異空間收納袋裡，我盡可能地塞滿了恢復藥。

我帶了足以讓人連戰三天三夜的恢復藥。

以萬全的狀態迎戰，我敢說自己已經徹底發揮實力。

我甚至懷疑自己發揮出了超越全盛時期的實力。

感覺好像每揮出一劍，因為長期遠離戰場而變得生疏的劍術就會稍微恢復一些。

我能把劍術提升到過去未曾有過的境界，全是因為如果不做到這個地步，就無法對抗眼前的敵人。

即使如此，我還是打不贏。

只要身體一動，就覺得肌肉快要被撕裂，骨頭好像要裂開。

每次呼吸時，血腥味就會在嘴裡散開，雙眼模糊不清，視力只剩下不到一半。

我光是還沒倒下，就已經算是奇蹟了。

但這樣的奇蹟似乎是到此為止了。

鎧甲徹底粉碎，那麼多的恢復藥也全都用盡了。

為了解渴與填飽肚子，就連異常狀態恢復藥都被我喝光了。

我已經連一步都動不了了。

儘管如此，我還是沒有把劍放下。

即使那把劍已經出現裂痕，就連對手的一劍都無法招架。

這是我最後的骨氣。

全力……我已經使出了全力。

我充分體會到什麼叫做死命奮戰。

我踏過無數的戰場，好幾次都差點喪命。

可是，把身心都逼到這種地步，還是我有生以來的第一次。

我曾經在訓練中累到站不起來。

也曾經身受重傷昏死過去。

不過，我從來不曾經歷過現在這樣的疲勞與傷勢。

這就是所謂的滿身瘡痍吧。

但是，心情卻不可思議的舒暢。

在這場單挑對決中，我和惡鬼或許都捨棄掉了所有多餘的事物。

無關夢想也無關榮耀，就只有純粹的劍術比拚。

也沒有對死亡的恐懼與身負的責任，就只是為了拚盡自身擁有的一切力量而揮舞這把劍。
看來我的葬身之地果然不應該在床上，而是應該在戰場上才對。
即使離開戰場了，能夠像這樣全力揮劍，還是讓我感到開心。
看來我還是只能「為劍而生，為劍而死」。
能夠在接受這件事的情況下死去，我實在是太幸運了。
因為置身於戰場上的人們，絕大多數都無法接受這件事，白白失去了他們的生命。
我不知道自己的人生有沒有意義。
不過，至少我可以接受這樣的人生。
也許就是因為這樣，即使我賭上一切依然戰敗，徹頭徹尾地輸了，也不會覺得難過。
我反倒覺得心情舒暢。
面對連一步都走不動的我，惡鬼並沒有發動攻擊。
剛才那陣激烈的攻防就像是騙人的一樣，雙方動也不動地互相對峙。
在奇妙寂靜的籠罩之下，惡鬼慢慢地解除防備，低下了頭。
看來他並不是恢復理智了。
惡鬼身上依然散發著不祥的氣息。
這個惡鬼來自何處，過去遇到了什麼事，我無從得知。
可是，在以劍交心的過程中，我明白了一些事情。

他似乎遭遇到相當悲慘的事情，不斷發出無聲的慟哭，劍裡充滿著無法壓抑的憤怒與悲傷。
那顆即使失去理智也要尋求戰鬥的心，似乎是在對自己的無力感到懊悔。
他想要在戰鬥中偷學我的劍術的態度說明了一切。
在跟我對戰的過程中，惡鬼的劍術變得比剛開始時精湛許多。
即使失去理智，也要在戰鬥中求進步這種事，可不是這麼容易。
他的斬擊一次比一次犀利，身法也變得更自然，隨著時間經過逐漸進步。
最後一擊我只能勉強格開，無法馬上做出反擊。
就連想要格開都很難。
在這麼短的時間內就能精進自己的劍術，真是天才。
正因為如此，我才會覺得可惜。
如果他神智清楚，好好接受我的指導，一定是個能把劍術練到極致的人才。
面對即將殺死自己的敵人，我居然還有這種想法，不久前的我應該想都想不到吧。
「劍術最強的證明，還有劍神這個稱號，都交給你了。」
我對低著頭的惡鬼如此說道。
惡鬼抬起頭，重新舉起劍。
下一個瞬間，我的劍就四分五裂，身體也使不上力氣。
看到飛濺四散的鮮血，我才發現自己被砍了一刀。

「漂亮。」

我只能這麼說。

我窮盡一生練就的技術無法全部傳承下去。

可是，在這場戰鬥中，我已經展現了很多技巧。

就算只有一點也好，希望那能夠留在世上。

我為劍而生，為劍而死。

在不斷質疑戰鬥的意義的過程中，我在最後一刻接受了這樣的人生。

羅南特。我的戰友啊。

看到我的這種死法，你應該會大罵一句「不負責任！」吧。

可是我很滿足。

我知道這很不負責任，但帝國跟這個世界……就交給你了。

☆

「哈啾———！」

「喂！老師，你髒死了啦！口水都噴到我這邊了耶！」

「唔……抱歉。一定是有人在背後談論我吧。」

「啊～我敢說絕對是在說你壞話。」

「想也知道不可能是壞話吧！明明只要側耳傾聽，就能聽到到處都有人在稱讚我。」

「啊……是是是。咦？老師，你怎麼哭了？」

「嗯？難道是剛才打噴嚏的時候，有灰塵跑進眼睛裡了嗎？」

「居然能把你弄哭，那顆灰塵還真是偉大。」

「妳給我閉嘴。拿去，這是追加的作業。」

「不——！你這個魔鬼！事已至此，就算要我親手送老師歸西，我也要逃離這個地獄！」

「哇哈哈哈！在窮究魔導的極致之前，我可沒有時間休息！在那一天到來之前，我絕對不會乖乖等死！」

2 抵達魔王城

在上校那裡停留了幾天後，我們立刻就出發了。
雖然已經達成抵達魔族領地這個目標，但魔族領地還很遼闊，我們還得移動到能夠安定下來的地方。
畢竟上校那裡是鄰接人族領地的邊境。
不是身為王者的魔王該待的地方。
想到接下來又得在馬車上搖來晃去，我就覺得有些憂鬱，但我的想法很快就被推翻了。
因為我們的目的地離邊境非常近。
因為在人族領地旅行得花上以年為單位的時間，我還以為這次也需要差不多的時間。
結果馬車只花了一星期，也就是七天便抵達了。而且我們前進的速度並不快。
哎呀～嗯，雖然馬車行駛七天也算是不短的距離了，但對於已經準備好面對以年為單位計算的長途旅行的人來說，總是會覺得有些失望。
「因為魔王不是普通的王，必須站在前線戰鬥，所以住的城堡也得在前線附近。不過，其實也還有其他原因就是了。」

以上是魔王的說法。

這麼說來，這個世界的魔王確實不像ＲＰＧ裡的最後頭目那樣，只會躲在魔王城裡面。

畢竟在我眼前的魔王就是從魔王城跑出來的！

要是有魔王跑出魔王城堵人，我一定會覺得那是款爛遊戲。

魔王就乖乖給我待在魔王城裡啦！

要是裡面沒有魔王的話，不就是標題詐欺了嗎！

而且魔王跑出魔王城的理由還不是為了擊敗勇者，而是為了擊敗我，這也未免太誇張了吧！

想到這裡，我就覺得超級不爽，揮拳打向魔王的頭，卻被輕易躲掉了。

嗚嗚嗚！力量……！只要有力量，我就能對著那顆惹人厭的腦袋狠狠巴下去了！

力量！給我力量！

「妳到底在幹嘛啊？」

吸血子用冰冷的視線看著渴望力量的我。

快住手！拜託別用那種眼神看我！

要是被蘿莉用那種眼神盯著看，我的新癖好會覺醒啊！

不，我只是開玩笑的。

就在我們做著這些蠢事的時候，馬車抵達魔王城了。

有別於魔王城這個可怕的名字，那是座超級漂亮的城堡。

總覺得要是在地球上的話，這座莊嚴又美麗的城堡肯定會被認定為世界遺產。

雖然城堡莊嚴是不錯，但美麗好像就有點……

所謂的魔王城，不是應該給人更可怕的感覺嗎？

「這是哪門子的魔王城啊？」

看吧，吸血子好像也覺得很不滿。

順帶一提，城堡旁邊的城鎮也很漂亮，面積也很大。

不過，城鎮最外側的外圍區域被這個世界的標準配備——城牆圍住，給人警戒森嚴的感覺。

與其說是城牆……這已經可以算是要塞了吧？

這也是沒辦法的事。

畢竟這個世界有著一大堆魔物。

要是沒有城牆，讓魔物跑進去的話就太危險了。更重要的是，因為這裡是魔王的地盤，所以人族說不定會前來攻打。

為了防禦這些外敵，就必須要有厚實的城牆。

不過，雖然城鎮都位在這些城牆的內側，但面積依然是這個世界最廣闊的。

這個世界的城鎮都不是很大。

畢竟必須用城牆把城鎮圍住才行。

一般都得先建好城牆，然後才能建立城鎮。

這麼一來，城鎮的面積無論如何都會等於城牆內的面積。

就算要新建城牆拓展面積，也還是有極限，所以這個世界的城鎮都不是很大。

從這種觀點來看，魔王城旁邊的城鎮實在是大到莫名其妙的地步。

我在這個世界見過的城鎮之中，最大的是沙利艾拉國的首都。

那裡不愧是大國的首都，面積相當大。

但若和魔王城旁邊的城鎮比就有點遜色了。

因為不知道雙方的正確面積，所以我只是用感覺去推測，但應該至少差了超過一倍吧。

這還只是從外圍牆壁筆直延伸到城堡的距離給我的感覺，說不定實際面積還要大上更多。

像這種時候，不能用萬里眼看清楚城鎮的全貌實在是很不方便。

因為以前還能使用萬里眼的時候，只要配合感知系的技能，就算我不特別去注意，也能清楚得知方圓幾公里內的所有情報。

而現在就算我拚命凝視，也只能看到沒被障礙物擋住的地方。

換句話說，在城鎮裡就幾乎只能看到眼前為止。

封閉感不是普通的重。

我也知道這是沒辦法的事，但以前明明辦得到的事，現在卻變得辦不到了，還是令我感到焦慮。

我想早點學會力量的用法，找回自己原本的能力。

正當我這麼認真思考的時候，馬車抵達目的地了。

不是魔王城，而是魔王城附近的雄偉宅邸。

雖然比不上魔王城，但這棟宅邸也很漂亮而雄偉，就跟宮殿一樣，給人好像會被指定為文化遺產的感覺。

就連對眼前建築不是魔王城這點心懷不滿的吸血子，都立刻開心了起來。

她正用閃閃發光的眼睛注視著宅邸。

沒想到吸血子也有這種少女情懷，以及女孩子該有的反應啊。她平常明明就是個戰鬥狂，總是笑瞇瞇地保養自己愛用的大劍。

我？比起外觀，我這個人更重視實際的利益。

然後，我們目前正被帶往接待室。

因為那種房間也能直接讓客人留宿，所以應該算是客房才對。

至於我們為什麼會被帶到客房，似乎是因為宅邸的主人正好出門，不知道什麼時候才會回來。

不能讓客人一直在接待室苦苦等待，負責管理這棟宅邸的執事長這麼為我們設想，替我們準備了客房。

這位執事長真是能幹！

不知道他跟梅拉誰比較優秀？

不過，執事長就跟上校一樣，是名中年的男子，如果身為魔族還有這樣的外表，就表示他應該活了很久。

以資歷上的差距來看，執事長應該比較厲害。

「那麼……在這裡的主人回來之前，我們先來確認一下今後的計畫吧。」

雖然我們各自被分配到不同的客房，但還是暫時聚集到了魔王的房間，討論今後的事情。

話雖如此，但我們已經在途中討論了一些，所以現在只是再次確認。

「首先，在見過這裡的主人後，我就會前往魔王城。艾兒和梅拉佐菲也跟我一起過去。」

魔王要前往魔王城。

這棟宅邸的主人目前似乎是魔王的代理人，負責管理魔王城與全體魔族，在會面之後，他們應該就會交接工作了吧。

這倒是無所謂，因為魔王本來就是魔王。

可是，問題在於就連負責管理這群問題兒童的艾兒都得前往魔王城，以後會跟我們分頭行動。

一旦艾兒離開，剩下的人偶蜘蛛三姊妹真的不會有問題嗎？

真教人不安。

此外，雖然並非感到不安，但吸血子也是一臉不滿。

這也是理所當然的事，因為梅拉也得前往魔王城，不得不離開吸血子身邊。

照理來說，身為吸血子的僕人的梅拉應該要留在這裡才對。

可是，看到吸血子的態度，魔王似乎認為讓她跟梅拉分開比較好。

我想也是，畢竟吸血子的病嬌程度一年比一年還要嚴重。

趁著這段期間讓吸血子冷靜一下，從頭培養她的情操會比較好。我覺得魔王做出這樣的判斷並沒有錯。

嗯，有常識的人都會做出這樣的判斷。

可是，常識對病嬌並不管用。真不曉得結果會是如何。

「其他人就留在這裡。我會替蘇菲亞請一位家教，等妳到了能夠上學的年紀，就得乖乖去上學。」

魔王的指示讓吸血子氣呼呼的臉變得更生氣了。

這塊魔族領地似乎也有學校這種地方，貴族階級的孩子都在那裡上學。

而吸血子將來也得去那裡上學，從現在開始就得接受家教的指導。

她是轉生者，在旅途中也把該學的東西都大致學過了，所以學力應該不成問題才對。

讓吸血子上學的目的，並不是要提升她的學力，而是要讓她多交一些朋友，矯正她的病嬌！

這種事真的辦得到嗎？我看是不行吧？

有別於已經放棄的我，魔王似乎頗為認真地在制定矯正吸血子的計畫。

嗯。加油吧。魔王，我相信妳行的。

「喂，小白，別一副事不關己的樣子！我也有工作要交代給妳！妳要努力工作喔！」

妳說……什麼……？

居然叫本小姐去工作！

雖然我在自己內心的小劇場誇張地嚇了一跳，但魔王是認真想要分派工作給我嗎？

現在的我可是那個喔？雖然自己這麼說有點不好，但我可是個沒用的廢柴喔？

咦？真是奇怪？為什麼眼睛會流出鹹鹹的水呢？

「不工作的人就沒飯吃！小白就用自己的身體去賺錢吧。」

魔王一臉淫笑，向我靠了過來。

咦？這個台詞……這個氣氛……難不成我要被賣掉了嗎？

我會被賣到那種可疑的店，逼著做各種下流的事情嗎！

我轉身逃跑，想要逃離魔王的魔掌，但柔弱的我跟魔王在速度上的差異太大了。

魔王很輕易地就從背後抱住我，伸出鹹豬手揉我的胸部。

「聽話，讓我看看。」

呀啊———！不要！拜託別摸我！我沒有那種興趣！

「快點住手。」

「嗚哇！」

魔王放開我了。

逃離魔掌的我回頭一看，結果看到吸血子把魔王的頭……正確來說應該是魔王的頭髮扯向後方。

雖然我很感謝她出手相救，但這樣是不是有點過分？

我覺得魔王的髮根應該受到了嚴重的傷害。

不過，吸血子畢竟救了我，所以我也不打算對現在看起來超級不爽的她表示意見。

我是個不白目的好孩子。

「好痛……好吧，不開玩笑了。我想拜託小白幫忙生產絲線。我希望妳能盡量多做些那種絲線。如果可以的話，要是能用那種絲線做出能當成防具的衣服，那就再好不過了。」

魔王一邊按住自己的腦袋與脖子，一邊說出正題。

……妳明明就有痛覺無效這個技能，根本就不會痛吧？

話說回來，絲線啊……

在魔之山脈發生的事件中，我變得能夠射出絲線了。

因為身陷絕境而覺醒……雖然連我自己都覺得有點老套，但我還是重新找回了這種能力。

雖然是在情急之下才成功射出絲線，但我之後又做過各種測試，已經確定能毫無問題地自由射出絲線了。

令我感到遺憾的是，其他能力至今依然沒有恢復，絲線也只是能夠射出而已。

雖然可以做出簡單的操控，卻無法像以前那樣用絲砍斷對手，或是瞬間把敵人捆住。

雖然依舊可以選擇要不要讓絲具備黏性，但比起能夠用技能自由操控絲的狀態，現在的靈活性還是差了一大截。

為什麼魔王會需要我這種有所限制的絲線能力呢？

「這是小白射出的絲，你們看一下吧。」

魔王緩緩地拿出一根絲線。

「我拉！」

然後抓著絲線，用雙手使勁往左右兩邊拉扯。

憑魔王的能力值，要是被她這麼一拉，絲馬上就會……竟然沒斷。

「唔唔唔！呼……嗯，結果就跟你們看到的一樣。」

魔王漲紅了臉，拉了好一陣子，最後總算放棄，輕輕吐了口氣。

我傻眼地看著這副光景。

「就算我使出全力，也扯不斷小白的絲。而且鑑定的結果是『無法鑑定』，這表示小白的絲是系統外的東西，不依靠系統的恩惠，就能擁有這樣的強度。此外，既然不會受到系統的影響，就代表對系統內的作用有著某種程度的抗性。雖然這種抗性有多高還需要測試才知道，但至少韌性是相當高的。比我用技能製造的絲還要厲害。」

什麼！

我的絲居然比魔王的神織絲還要厲害？

這還真教人意想不到。

比起絲的品質，我在測試時更加專注於調查絲的用途。

魔王的觀點似乎跟我不同，是著眼於絲本身的品質。

雖然因為辦不到的事情很多，讓我在測試時有所遺漏，但絲本身的品質似乎比以前更好了。好到以防具的素材來說有些過火的地步。

「我希望小白能先製造出在場所有成員的份的絲。為了協助妳製作衣服，我把莉兒和菲兒留在這裡，妳就儘管差遣她們吧。此外，為了測試品質，我還想要多餘的絲。總之，小白這陣子就專心生產絲吧。」

魔王叫我用身體賺錢，原來就是這個意思啊。

對我來說，這確實不成問題。

老實說，我也還有許多想做的測試，本來就想多生產一些絲了。

在忙著到處移動的旅途中，能做的事情果然還是有限。

如果能夠安定下來進行測試，說不定還會有什麼新發現。

畢竟我以前取得新技能時，也都會做各種測試。

而且我這次的絲並不屬於技能的一種，可說是未知的力量。

既然那種絲不是技能，不是有著一致性的東西，那去思考它有哪些辦得到的事和辦不到的事，這件事本身或許就是錯的。

雖然技能有著明確的辦得到的事與辦不到的事之分，但現在的我沒有極限嘛。
即使現在辦不到，或許某一天就辦得到了也說不定。
我的努力與創意左右著這樣的可能性。
而那種可能性是無限大的。
這麼一想，我就覺得有些興奮。
而且只要我不斷製造絲，說不定還能掌握到使用其他能力的竅門。
射出絲並不是人體具備的功能。
換句話說，我是用魔術辦到這件事的。
即使我沒有意識到，但其中用到了某種神祕的力量。
只要能掌握住運用這種神祕力量的感覺，或許就能重現其他能力。
不過，因為射出絲對我來說已經跟移動身體一樣自然了，想要掌握住那種感覺其實很難。
畢竟人類平常也不會去在意自己是如何移動手腳，就算去在意也無從得知原理。
可是，要是因為困難就放棄，那比賽就結束了！
事情就是這樣，從今以後我就是人體吐絲機了！
「莎兒就負責保護蘇菲亞吧。」
我點頭同意後，魔王對最後一位成員如此說道。
莎兒只會做別人交待給她的事，而且如果不和某人一起，就不會行動。

除了緊急時刻以外都不需要下指令的護衛工作是莎兒的天職，這樣的安排很妥當。

不過，被要求跟莎兒一起行動的吸血子，露出了不太情願的表情。

咦？可是，能不能先暫停一下？

從剛才那些話聽起來，剩下的兩個問題兒童是不是都被塞給我了？

我猛然發現這個事實，轉頭看向莉兒與菲兒。

一個是天然的神祕少女莉兒，另一個是活潑的失控少女菲兒。

莉兒臉上依然掛著讓人猜不出她在想什麼的神祕微笑，菲兒跟她正好相反，臉上掛著看起來什麼都沒在想的笑容。

要我跟這兩個傢伙一起行動？

我真的有辦法好好工作嗎？

……真教人不安。

宅邸的主人回來時已經是半夜了。

他是名年輕的男子。

不過，因為魔族跟人族不同，壽命比較長，所以從外表看不出實際年齡。

他看起來很年輕，卻給人相當沉穩的感覺。他的年紀可能比外表看上去的還要大。

「魔王大人，好久不見。」

那名男子在魔王面前屈膝跪地。

雖然表面上掩飾得很好，但他心中似乎相當害怕。

「辛苦了。你的工作不是很忙嗎？」

「是的。可是，既然魔王大人已經歸來，我當然必須排除萬難立刻趕到。」

魔王微微一笑，出言慰勞男子。

男子被魔王的反應嚇到，表現出疑惑的反應。

啊，對了，這名男子認識的魔王，是跟身體部長融合之前的魔王吧。

雖然我跟以前的魔王沒有說過太多話，但她給人的感覺變得完全不一樣了。

如果認識以前的魔王，或許就能更明顯地感受到其中的差距。

即使感受到這樣的差距，上校也依然面不改色，讓我覺得那傢伙果然是個老狐狸。

話說回來，沒想到光是一句慰勞的話，就能讓男子這麼驚訝，那以前的魔王到底是怎麼對待人家的啊？

「那……這裡有些人並不認識你，你能自我介紹一下嗎？」

魔王如此催促男子。

乖乖聽話的男子站了起來，低下頭開始自我介紹。

「大家好，初次見面，在下是負責管理這塊菲沙洛領地的巴魯多．菲沙洛。今後請多多指教。」

「巴魯多是實質統領魔族的大公爵，大家以後要是遇到什麼事情，就找這傢伙幫忙解決吧。」

嗯……

換句話說，除了魔王之外，這傢伙就是魔族的實質領導者嗎？

如果說上校是邊境武力的代表人物，那巴魯多就是政治上的代表人物了吧？

畢竟巴魯多看起來就像個文官。

大家打過招呼後，便開始討論起今後的事情。

以魔王為首的那些要前往魔王城的成員，似乎都能順利過去。

只不過，梅拉與艾兒好像無法成為魔王直屬的部下。

因為目前沒有魔王直屬的下級單位，重新調整組織人事也要花上一點時間。

畢竟魔王有好幾年都不在，這也是沒辦法的事。

因此，艾兒會以助理的身分待在魔王身邊，梅拉則會暫時被分配到第四軍。

梅拉會以自願從軍的形式加入軍隊。

梅拉似乎認為比起待在魔王身邊，這樣對他更有幫助。

在魔之山脈事件中，梅拉完全不是鬼兄的對手，而這件事似乎讓他難以忍受。

第四軍是由巴魯多直接指揮，主要任務是防衛這塊菲沙洛領地。

明明是負責防衛首都的軍團，卻不是第一軍，是因為第一軍總是駐守在鄰接人族領地的邊境。

換句話說，上校率領的軍隊就是第一軍。

此外，其他負責留守的成員，也順利得到在這間宅邸生活的許可了。

我們好像可以繼續住在目前使用的房間。

吸血子的家教也很快就會被請來。

巴魯多對待我們可說是無微不至。

魔王的權力真不是蓋的。

暴力與權力合而為一，實在是太強了。

就這樣，我們的旅行結束了。

大家今後將會為了各自的目標，分頭展開行動。

魔王的目標是結合全體魔族的力量，與人族開戰。

吸血子的目標是健全……沒錯，是健全地長大成人。

我的目標是找回失去的力量。

大家都開始行動了。

我們的戰鬥才正要開始呢！

Balto Phthalo

巴魯多

他的本名是巴魯多．菲沙洛，貴為魔族領地的菲沙洛公爵。他是負責治理建有魔王城的魔族領地中心地區──菲沙洛領地的領主，同時也是主要負責防衛首都的魔王軍第四軍團的軍團長。只不過，軍團長這個職位只是虛有其名，軍團長的工作幾乎都是由他的弟弟──布羅一手負責。

他在魔王不在時擔任代理人，從前任魔王失蹤的時代開始，就一手掌管著魔族的政治。即使在愛麗兒歸來後，巴魯多也依然是實質統領魔族的人，每天都不眠不休地在工作。當他為了陷入困境的魔族而日夜奔波死命工作時，卻因為愛麗兒這個暴君出現，過著每天胃痛的日子，是個命苦的傢伙。

間章　老執事的可怕經歷

我是服侍菲沙洛公爵家的執事長。

雖然這種話不該由自己說，但我在公爵家服務多年，被提拔為執事長，自認工作表現還算出色，無愧於主人的厚待。

不管是身為執事的表面工作，還是保衛公爵家的地下工作。

沒錯，負責管理魔王城所在的這塊土地的菲沙洛公爵家，有著許多敵人。

不但有同樣身為魔族的政敵，也經常會有人族潛入宅邸。

雖然人族有著像神言教的異端審問官這樣的專業人士，負責找出躲藏在人族領地的魔族，把他們趕出去，但魔族並沒有專門處理這類事務的機構。

各地領主只能各自努力，設法排除敵人。

因此，我們這些負責保護宅邸的執事，也必須具備足夠的能力才行。

有時候也得賭命保護主人，與賊人戰鬥。

從前任主人的時代開始，我也好幾次擊退了那些賊人。

在同期的同事與前輩，甚至連後輩都不斷殉職的過程中，我直到這個歲數都還在公爵家服務。

不管是政敵派來的刺客，還是人族派來的刺客，凡是能夠潛入這個魔族領地核心地區的刺客，都必定是相當厲害的高手，每次都讓我嚇出一身冷汗。

可是，我這塊老骨頭可能也終於快要抵達人生的終點了。

我是服侍菲沙洛公爵家的執事長。

魔族當然得聽從魔王大人的命令，但我還是會以菲沙洛公爵家為第一順位。

既然如此，那我就非得好好調查一下那些目前住在公爵家的客人不可了。

即使那些客人都是魔王大人的親信也一樣。

可是……啊啊，可是真是太可怕了……

就連自認還算優秀的我，也不得不抱著必死的決心。

那些少女就是異常到這種地步。

夜深了。

雖然一般人在這種時間都已經就寢，但我並沒有入睡。

自從在訓練中練就睡眠無效這個技能後，夜晚便成了我寶貴的活動時間。

雖然只要擁有睡眠抗性這個技能，就能在某種程度上不用睡覺持續活動，但如果練就睡眠無效的話，也能過著完全不睡覺的生活。

我最後一次睡覺，到底是多久以前的事情了呢？

時間久遠到讓人想不起來的地步。

睡眠無效這個技能就是這麼管用，但想要練就這個技能，當然是很不容易的事。

那種只能拚命對抗來襲的睡魔，逼迫自己保持清醒不睡覺的訓練，實在相當辛苦。

儘管沒有受過那種訓練，卻還是年紀輕輕就取得睡眠無效這個技能的巴魯多大人，實在是太可憐了。

他不眠不休地努力工作的模樣，深深地打動了我。

為了辛苦工作的巴魯多大人，我必須搞清楚住在這棟公爵宅邸中的那些客人是不是危險人物。

我沒有帶著照明工具，在熟悉的公爵宅邸裡巡視。

擁有夜視這個技能的我不需要光亮。

即使沒有這個技能，只要是在這棟我早已完美掌握其構造的公爵宅邸中，就算閉著眼睛，我應該也猜得出哪裡有什麼東西。

我在黑暗中檢查屋子裡有沒有異狀。

然後，我來到了客房所在的區域。

為了滋潤因為緊張而變得乾渴的喉嚨，我嚥下口水。

絕對不能停下腳步。我得跟往常一樣，維持在宅邸裡巡視的習慣。

首先，我從三間客房前面經過。

雖然目前住在這棟公爵宅邸的客人一共有五位，但其中三位都不在自己的客房裡，而是一直陪伴在剩下兩位客人身邊。

因此，這三間客房便一直處在沒人使用的狀態。

雖然我白天還是會派人打掃，但那些客房似乎還是很少被用到。

經過三間空的客房後，接著便抵達有客人居住的客房了。

只要發動氣息感知這個技能，就能發現房裡有兩個人在。

其中一人坐在房間角落的地板上動也不動。

另一人則坐在房間中央的椅子上。

儘管現在已經是深夜，那人卻沒有在睡覺。

今天果然也不睡嗎？確認到這個事實後，我難掩失望。

沒錯，這位客人今天也不睡覺。

自從來到這棟公爵宅邸後，她從來不曾就寢。

她應該百分之百跟我一樣擁有睡眠無效這個技能吧。

我實在是想不通，年紀還那麼小的女孩，到底要怎麼取得睡眠無效這個技能。

如果她不睡，我就不能偷偷摸進房裡檢查她的行李了。

我做那種事，絕對不是因為什麼下流的理由。

而是為了調查她有沒有攜帶危險物品，並且透過隨身物品調查她的底細。

只不過，關於攜帶危險物品這件事……她都光明正大地帶了一把大劍進來了，我似乎也沒什麼好說的。

雖然侍奉公爵家讓我有機會見識到品質優良的武器，但在我見過的所有武器之中，她帶來的大劍確實是名列前茅的好武器。

對黑社會瞭若指掌的我絕對不會有錯。

搞不好光是那把大劍，就有著等同於這棟公爵宅邸的價值也說不定。

出色的武器就是有著這麼誇張的價值。

因為她直接把這樣的武器大剌剌地擺在房裡，害我在各種意義上都擔心得不得了。

雖然我平時只要得知客房的主人還沒睡，就會直接從房門前面經過，但我知道這樣下去永遠得不到情報，便決定稍微冒險一下。

我走到客房門口，輕輕敲了兩下門。

「哎呀？請進。」

從房裡傳來一聲驚呼，然後我便立刻得到進房的許可了。

「打擾了。」

我無聲無息地靜靜打開房門，發現房裡雖然一片漆黑，但我感覺到的氣息並沒有錯。蘇菲亞小姐就坐在房間中央的桌子旁邊，莎兒小姐則在房間角落的地板上縮起身體。

「你平常明明只會經過，今晚怎麼有事找我？」

聽到少女不經意的話語，我沒有感到驚訝，反倒覺得釋懷。

果然被她發現了嗎？

雖然我有消除自己的氣息，但看來蘇菲亞小姐還是徹底掌握了我的行動。

雖然蘇菲亞小姐看起來還是年幼的少女，但實際年齡可能比外表還要更大也說不定。

若非如此，就無法解釋她為何擁有睡眠無效這個技能，以及為何能夠察覺我的行動了。

如果她的年紀跟外表一樣小，就不可能取得那麼多技能。

不過，雖然我是這麼想的，關於她到底是什麼人這個問題，我卻完全沒有頭緒。

雖然我們魔族比人族長壽，但因為成長速度與人族差不多，所以小孩子的年齡就跟外表看到的一樣。

因此，她應該不是魔族才對。

如果蘇菲亞小姐是妖精，或是繼承了妖精的血統，那耳朵就必定會出現妖精的特徵，但她的耳朵很普通，所以這個答案也不對。

這麼一來，答案就只剩下她其實跟外表看到的一樣年幼，或是她其實是傳說中的幻想種生物了。

雖然我認為吸血鬼或龍人之類的幻想種生物只存在於童話故事之中，但魔王大人已經證明了這種生物確實存在。

魔王大人就是神話故事中的那隻最古老的神獸。

她是在遙遠的古代誕生的幻想種生物。

根據我聽到的情報，她似乎是源自蜘蛛的幻想種生物。

既然是魔王大人帶來的人，那蘇菲亞小姐也很可能是幻想種生物。

不過，如果照常理來判斷的話，出現在傳說中的珍貴幻想種生物，不太可能會有那麼多個。

如果照常理來判斷，我只能認為她的年齡就跟外表看到的一樣。

不過，這麼一來問題就變成一個小女孩為什麼會有那麼強大的能力了。

我無從得知真相。

雖然我的職責便是查出真相，但既然我的行動全在對方的掌握之中，那就只能避免打草驚蛇，有耐心地慢慢收集情報了。

為了達到這個目的，我才會像這樣踏進這間房間。

「真是非常抱歉。每當我在這個時間巡視宅邸時，蘇菲亞小姐好像都還沒睡，讓我有些在意。」

「對，雖然想睡的時候我會睡，但最近沒那個心情。」

哎呀？

看來她想睡時還是會睡。

可是，現在還不是高興的時候。

因為就算蘇菲亞小姐毫無防備地睡著了，另一個傢伙也八成不會睡。
我瞥了房間的角落一眼。
莎兒大人就在那裡動也不動地注視著我。
她感覺起來一點都不像是人類，就跟個人偶一樣。
不，不是跟個人偶一樣，她是貨真價實的人偶。
雖然我還不清楚蘇菲亞小姐和另一位白小姐的真面目，但經過這幾天的調查，我已經查出其他三位客人的真面目了。
不過，與其說是自己查出，倒不如該說是對方故意讓我知道嗎……
她們似乎是名叫操偶蜘蛛怪的魔物。
她們其實都是人偶，本體是小型的蜘蛛型魔物。
這種蜘蛛型魔物似乎可以從內部操控外表與人類無異的精巧人偶。
她們是魔王大人的眷屬，所以真面目是蜘蛛型魔物也不令人感到意外。
因為知道真面目，比起蘇菲亞小姐和白小姐，她們感覺起來比較好應付。
……不過，也就是因為知道真面目，才會讓我感到害怕。
事實上，現在被莎兒小姐這樣盯著看，就令我感到有些畏懼。
「不好意思，因為這孩子的任務是保護我，面對像你這種無法信任的傢伙，她不能放鬆戒備呢。」

「該道歉的人是我。半夜闖進淑女的房間，實在是太沒常識了。」

對方明白說出她們不信任我，還說她們一直在提防我。

這也是沒辦法的事。

像我這種每晚都會消除氣息在宅邸裡巡視的傢伙，要她們不提防也難吧。

雖說這是必要的警備工作，但既然她們能察覺到我，那當然會覺得在意才對。

「為了保護這棟宅邸，我都會在這個時段巡邏。今後也會在這個時段經過這裡，還望您多多見諒。」

「我會的，只要你別做出奇怪的行為。」

看來繼續刺探下去，也只會讓她們更提防我。

總之，光是知道輕舉妄動會產生反效果，就已經可以算是有所收穫了吧。

「這麼說可能有些多管閒事，但為了健康與發育著想，我覺得晚上還是好好睡覺比較好。那……您慢慢休息吧。」

給她這點程度的忠告應該無所謂吧。

畢竟聽說幼年時期若睡眠不足會妨礙成長，我沒有說錯任何事情。

雖然不曉得蘇菲亞小姐半夜不睡覺都在做些什麼，但萬一她的實際年齡跟外表看到的一樣小，那為了成長發育著想，她還是應該好好睡覺才對。

無論如何，只要莎兒小姐待在她身邊，不管蘇菲亞小姐有沒有睡覺，我都無法輕舉妄動。

如果蘇菲亞小姐她們會危害到公爵家的話，到時候我也會做好與之對抗的覺悟，要是她們不會的話，那我就在不會被當成敵人的範圍內慢慢調查吧。

離開蘇菲亞小姐居住的客房後，我前往下一間客房。

可是，仔細感應氣息後，我發現有人還醒著。

雖然白小姐好像睡著了，但身旁還有一個醒著的人在保護她。

只有一個？

「嗚！」

我真想稱讚沒有發出慘叫聲的自己。

某種黑色物體突然掉到我眼前。

那東西在我眼前停在半空中。

那是一隻蜘蛛。

手掌般大的蜘蛛。

那隻蜘蛛占據了我的視野。

牠就停在幾乎要碰到我眼睛與鼻尖的地方。

我忍不住反射性地退後一步，拉開與蜘蛛之間的距離。

像是對我的行為做出反應一樣，蜘蛛慢慢地爬向天花板。

似乎有一條我看不見的細絲，從天花板上垂了下來。

然後，我在天花板上找到了用空洞的眼神望著我的莉兒小姐。

她張大著嘴，整個人貼在天花板上。

不，貼在天花板上的其實是莉兒小姐的人偶，那隻朝向人偶移動的蜘蛛，才是莉兒小姐的本體。

蜘蛛爬進人偶張大的嘴巴。

嘴巴閉了起來，喉嚨動了一下，然後整顆頭猛然轉動。

人的腦袋不可能像那樣旋轉一百八十度。

那是人偶……那是人偶！

要是不這麼告訴自己，我就無法面對眼前這副詭異至極的光景。

即使知道那是人偶，還是會在生理上感到恐懼。

瞥了整個人愣住的我一眼後，莉兒小姐的腦袋再次旋轉一百八十度，轉回正常的位置……剛好轉了一圈。

莉兒小姐就這樣保持著腦袋轉了一圈的狀態，沿著天花板爬行，再從牆上爬下來，降落在地板上。

然後腦袋的位置保持不變，讓身體轉了一圈。

她的腦袋這下子總算真正回到正常的位置了。

然後，莉兒小姐若無其事地打開客房的門走了進去。

看到她走進房裡後，我拚命忍住想要癱坐在地上的衝動，重新邁開腳步。

我無法理解莉兒小姐到底想做什麼。

可是，每當我半夜經過這裡，莉兒小姐就會出現。

而且還會跟今晚一樣，做出莫名其妙的行為。

拜此所賜，我才能發現莉兒小姐其實是操偶蜘蛛怪，並且猜到莎兒小姐跟莉兒小姐是同類。

但每晚都得受到這樣的驚嚇，我這老骨頭的心臟可是會撐不住的。

而且我的感知系技能總是無法事前察覺到她，每次都被她偷偷摸到身旁。

這是警告嗎？

因為那些行動實在太過莫名其妙，我無法猜出她的意圖。

拜此所賜，每天晚上的這個時候，我都會被嚇個半死。

我搞不好遲早會被她一時興起順手殺掉。

呼……

總之，看來我今晚是保住小命了。

我就把今晚發生的事情如實稟報給巴魯多大人知道吧。

「老爺子啊……」

「巴魯多大人，有什麼問題嗎？」

「我怎麼覺得你的報告書，讀起來像是恐怖小說？」

「真巧。我寫的時候也有這種感覺。」

「……這樣啊。」

「總之，我只能真心奉勸您，最好還是別違抗魔王大人比較好。」

「……這樣啊。」

我如實稟報巴魯多大人後，他居然一臉疲憊地嘆了口氣。

我可是真心覺得生命受到威脅，他這種反應實在非我所願。

3 小混混出現了

在公爵宅邸的生活開始後，過了幾天。

我的感想就只有一句話，超級舒適！

這也是理所當然的。

因為我們之前都過著旅行生活，基本上都是露宿野外，要不然就是在旅館裡住個一兩天。

跟這種在豪華公爵宅邸中的生活根本沒得比。

接著就來看看我在公爵宅邸中的優雅生活吧。

首先，起床。

我每天睡醒的時間都不一樣。

由於我會盡情賴床，有時候也會熬夜，所以作息時間無論如何都會亂掉。

這也是沒辦法的事吧！

然後，我會被莉兒與菲兒當成穿衣娃娃玩弄。

被人偶蜘蛛當成穿衣娃娃是不是有點問題？

雖然我不在乎就是了。

讓她們幫我穿好衣服，整理好頭髮，還順便化好妝後，就是吃早餐的時間。

這頓早飯通常是在我被莉兒與菲兒玩弄時做好的。

畢竟我起床的時間並不固定。

不得不麻煩人家特地為我重做。

雖然會給廚師們添麻煩，但這是為了讓我怠惰度日的必要犧牲，只能請他們看開一點了。

我會在房裡跟莉兒與菲兒一起用餐。

這裡不愧是公爵宅邸，飯菜只能用好吃來形容。

雖然看起來有點偷工減料，但這也是沒辦法的事。

廚師們肯定也沒辦法一天二十四小時都端出最棒的料理吧。

就當作是這樣吧。

我相信自己沒被廚師們當成麻煩。

吃過早餐後，就是上班時間了。

話雖如此，但工作內容也就只是射出絲而已。

只有在這段時間，我才會認真起來。

老實說，如果只是要射出絲，其實非常容易。

自從在魔之山脈的事件中學會射出絲的方法後，我就能夠很自然地射出絲了。我甚至開始懷疑自己之前為什麼辦不到這麼簡單的事。

而且射出絲所需要用到的能量很少。
不管射出多少絲，我都不覺得累，也感覺不到自己體內的能源有所減少。
因此，如果只是要射出絲的話非常容易，不管要多少絲我都生得出來。
可是，光是漫不經心地射出絲，是沒辦法邁向更高的境界的。
因為我的目的是找回原本的力量，甚至是得到更強的力量。
現在的我跟還有技能那時候不同，技能等級不會隨著使用次數提升。
雖然就反覆練習這層意義來說，這樣的行為並非毫無意義，但就學習使用力量的方法這層意義來說，光是射出絲是不行的。
我必須在射出絲的時候，仔細感覺自己是如何使用力量的。
只要能夠抓到那種感覺，或許就能幫我找到使用其他能力的訣竅。
……話雖如此，但我目前毫無成果。
也許是因為我很自然地就能射出絲，反而讓我很難抓到那種感覺。
既然我能隨心所欲地射出絲，就表示我即使不去意識也能辦到這件事。
想要去意識到自己沒意識過的事情，其實還挺難的。
這種感覺就像是天才在教別人的時候，也會懷疑為什麼別人無法理解自己教的東西一樣。
雖然我在射出絲時做了許多嘗試，但也只能得到把絲射出來這樣的結果。
看來我還要很久才能重現其他技能。

不過，因為我在練習時射出的絲都會被莉兒與菲兒努力收集起來，做成衣服或絲球送到魔王那邊，所以不會浪費掉。

一旦肚子餓了，我就停止射出絲，準備吃午餐。

雖然看起來有點偷工減料，但這也是沒辦法的事！

我偶爾會剛好在正常時間吃午飯，當那時的我看到飯菜的豪華程度，我就知道問題出在哪裡了。

廚師們沒有偷工減料！

都是不準時吃飯的我不好！

即使我這麼不守時，廚師們也還是願意為我做飯！

就當作是這樣吧。

吃完午餐後，就是我的自由時間了。

在這段時間裡，我每天做的事情都不一樣。

換句話說，要做什麼事情，都是看我的心情決定。

有時候會讀公爵宅邸裡的書，有時候會用上午射出的絲織東西，有時候會一邊擺出帥氣的姿勢一邊練習魔術。

咦？你問最後那個是怎麼回事？

別問我。那種事情我不知道。

我不記得自己有被莉兒與菲兒用同情的眼神注視過。

我說沒有就是沒有。

然後，自由時間結束後，就是晚飯時間了。

有一點必須注意的是，如果是在深夜這種不合常理的時間說要吃晚餐，餐點的品質就會變得很差。

我想也是，即使是公爵家的廚師，一旦在正常的時間煮完晚餐，當天的工作就算是結束了。

就算在那之後叫他們做飯，人家也不會理你。

然後，由於我們不能進廚房，所以餐點都是由女僕準備的。但因為女僕也不會做菜，所以端出來的餐點都是麵包或燻肉切片之類的東西。

與其說是料理，倒不如說是能直接食用的食材。

不過，那些食物都很好吃喔。

真不愧是公爵家，使用的食材很棒。

可是，直接拿食材出來招待客人實在是有點……太扯了。

因為這個緣故，我必須盡量在正常的晚餐時間前後用餐。

就某種意義上來說，這是比製造絲還要重要的任務。

然後，吃完晚餐後休息一下，我就會去睡覺了。

3　小混混出現了

我的一天大致上就是這麼過的。

嗯？你說我整天不是無所事事，就是吃飽睡，睡飽吃？

這麼說其實也沒錯。

雖然我還有生產絲這個魔王給我的唯一的任務，但那也不會造成什麼負擔。

每天都能過著怠惰的生活。

這裡是天國嗎！

「這是怎麼回事啊！」

不解風情之徒的叫聲打亂了我的怠惰生活。

莉兒與菲兒放下正當成沙包丟著玩的絲球，瞬間做好戰鬥的準備。

我只聽到叫聲，沒看到對方的身影。

因為一道絲牆擋住了視野。

我用絲包住了自己居住的客房。

因為如果不這麼做，我就靜不下來嘛，這是蜘蛛的本能。而且要是不擋住從窗戶射進來的陽光，對皮膚也不好呀。

總之，我把房間內部重新裝潢過了，變成任何人看到都會傻住的模樣。

拜此所賜，除了莉兒與菲兒之外，誰也無法踏進這個房間。

因為莉兒與菲兒也是蜘蛛，所以有辦法撥開絲線進到裡面。

基於同樣的道理，魔王、艾兒與莎兒應該也有辦法進來。

女僕當然進不來，所以都是請她們把飯菜擺在客房外面。

然後，在這個目前強制禁止外人進入的房間外面，有一位不知名的入侵者。

從聲音聽起來，對方是個男人。

至於我為什麼說他是入侵者，是因為這傢伙沒有敲門，就突然打開淑女房間的門啊。

像這種沒禮貌的傢伙，當然算是入侵者。

「喂！這是怎麼回事！」

「那個……這是住在這間客房的客人做的事情，我們什麼都不知道。」

隔著一道絲牆，入侵者正在跟疑似女僕的人說話。

從疑似女僕的人恭敬的態度看來，那個入侵者似乎是位大人物。

不過，如果他真的是入侵者，那這棟公爵宅邸的保全體制應該出問題了吧。

應該是女僕把人帶到這裡來的吧。

也就是說，難道是魔王派人來找我們了嗎？

「少爺，這裡是您的兄長正式招待的客人居住的房間。就算您是現任當家的弟弟，也不能這麼沒有禮貌地闖進去。」

哎呀？

執事長出現了。

還用訓斥般的語氣告誡這位入侵者。

「我不是一直要你別叫我少爺嗎！」

「我也經常告訴您，一旦少爺變成成熟的大人，我就會停止這樣稱呼您。」

「嘖！」

看來這位入侵者在執事長面前似乎抬不起頭。

從他們剛才的對話來判斷，這位入侵者似乎是這棟宅邸的主人——巴魯多的弟弟。

換句話說，他是這個家的人，不是魔王派來的使者。

不過，只要稍微思考一下就該知道，魔王不可能派這種一點都不體貼的人過來傳話。

「那種事情不重要！這到底是什麼東西！」

唉呀，入侵者似乎發現關於稱呼的話題對他不利，硬是切回原本的話題了。

他在房外指著絲牆大吼的樣子隱約在我的腦海中浮現。

該怎麼說呢……他明明是公爵家的人，我卻覺得他的言行像個小混混。

也許我不該叫他入侵者，而是該叫他小混混才對。

「我的部下剛才已經說明過了，這是客人所準備的東西。」

「那種事情我知道！我是在問為什麼那些傢伙可以擅自把這棟宅邸的房間搞成這樣！」

啊……看來小混混會生氣是因為我。

「而且我還聽說他們好像一直躲在房裡做些可疑的事！老哥到底為什麼要讓那種來路不明的可疑傢伙住在家裡！太可惡了！」

「這一切都是少當家的決定，少爺您沒資格抗議。」

「所以我才覺得不能接受啊！」

他們兄弟的感情不好嗎？

從剛才的對話便可得知這棟宅邸的員工對我的行為很有意見，但哥哥全面准許我們的行為這件事，似乎讓小混混更為不滿。

「不管怎麼說，這裡是我們公爵家的宅邸！不能讓別人擅自在房間裡面擺這種東西！喂！裡面的傢伙！有聽到我說的話吧！」

「少爺！」

「吵死人了！老爺子給我閉嘴！」

噗……！老、老爺子！原來那個小混混都叫執事長老爺子啊！

言行明明像是個小混混，卻叫人老爺子！

這反差也未免太大了吧。

「喀喀喀喀喀喀喀！」

身旁突然傳來奇怪的聲音。

不知道發生什麼事的我轉頭一看，結果看到莉兒一邊上下搖晃肩膀一邊發出怪聲。

咦？這孩子在幹嘛？

這是在笑嗎？戳到她的笑點了嗎？

雖然我姑且在莉兒等人身上安裝了試作品的發聲裝置，但那終究只是試作品，幾乎發不出正常的聲音，所以人偶蜘蛛們平時也不會勉強開口說話。

既然她專程使用那種東西發出笑聲，就表示她的笑點應該是真的被戳到了，但這副光景實在是很詭異，真想拜託她別再笑了。

「笑屁啊！」

而且小混混也發飆了！

情況怎麼會這麼混亂？

「少爺！請您住手！」

「別小看我！」

一陣衝擊打在絲牆上。

看來小混混似乎一時激動就揮拳打在上面了。

「怎麼回事！居然黏住了！」

因為那是蜘蛛絲啊。

要是隨便亂碰，當然會被黏住。

「可惡！」

小混混一邊咒罵一邊採取下一個行動……他竟然放火了！

絲牆燒起來了！

居然在屋子裡放火……他腦袋壞掉了嗎！

即便是在神化之後，我的絲依然繼承了以前的特性。

那就是怕火。

雖然在某種程度上不怕火燒，但那個愚蠢的小混混似乎一時激動就使出最大火力，讓烈火壓過絲的火抗性越燒越廣。

他應該是使用了火系的攻擊技能，而且等級好像還挺高的呢。哈哈哈。

現在可不是笑的時候吧！

我得滅火才行！要是不快點滅火，我就會被大火燒死！

因為這個房間被絲牆從四面八方團團圍住，要是絲牆起火燃燒，我就無處可逃了！

雖然起火的地方就只有房門附近，但要是拖拖拉拉的話，整個房間就會變成火海。

當我在心中驚慌失措時，現場有三個人正準備展開行動。

我趕緊拉住其中兩人——也就是莉兒與菲兒的後頸加以制止。

好險！

我不知道她們想做什麼，只知道肯定是危險的事情！

莉兒似乎想要使用魔法，菲兒則似乎是打算直接衝上前去。

要是妳們兩個這麼做，別說是滅火了，這棟宅邸應該會直接消失吧！
就算沒有那麼誇張，至少在火源附近的小混混、執事長和女僕也會因為受到波及而死掉。
就算退一百步，算小混混死得活該好了，但執事長和女僕完全就是受到牽連，我不能讓這種事情發生。
然後，有別於想要搞破壞而不是滅火的兩位幼女，另一個展開行動的人——執事長，用水魔法平安無事地把火熄滅了。
執事長果然是個能幹的男人。
「少爺……」
可是，執事長正瞪著小混混，而且額頭上還冒出青筋。
為什麼我會知道？
因為絲牆被燒得一乾二淨，沒有東西擋在前面了。
被執事長瞪著的小混混似乎也知道自己做錯事，心虛地別開視線。
結果正好跟我對上視線。
「……！」
小混混倒抽了一口氣，整個人都僵住了。
拜託別看我，家裡蹲不擅長跟別人四目相對。
而且現在的我眼睛裡有很多瞳孔，跟個怪物一樣，不是很想讓人看見。

不是因為會覺得害羞，只是因為覺得麻煩。

我趕緊閉上眼睛，還順便別過頭去。

雖然用這種態度對待宅邸主人的弟弟可能有些失禮，但硬闖進淑女的房間還放了火的小混混更加失禮，所以我這麼做應該沒問題。

再說，像這種對絲放火，刺激到我過去巢穴被人燒掉的心靈創傷的傢伙，根本不需要擔心會對他失禮吧！

啊……想到這個我就覺得不爽。

真希望他趕快滾回去。

也許是感受到我的情緒，被我抓住後頸的莉兒與菲兒往前踏出了一步。

同時從嬌小的身體散發出令人難以想像的壓迫感。

「少爺！你再繼續鬧下去，後果可不是開玩笑的！」

執事長焦急地抓住小混混的肩膀，硬是把他拖出房外。

僕人對自己侍奉的家族的人做這種事真的行嗎？

雖然我有想到這個問題，但要是執事長不採取行動，小混混應該已經被莉兒與菲兒大卸八塊了，所以他的判斷是對的。

「啊……嗯……」

剛才的氣勢不知道跑去哪裡，小混混有氣無力地如此回答。

因為閉著眼睛，我不是很確定，但我總覺得小混混的視線好像一直緊盯著我。

「把少爺帶走。」

「是……是的。布羅大人，請跟我來。」

接到執事長的指示後，女僕好像就把小混混帶走了。

我這時總算知道小混混的名字了。

他好像叫做布羅。

但那又怎麼樣？

那種傢伙叫他小混混就夠了。

我想我這輩子肯定都不會用他的名字叫他，絕對不會。

「我家少爺失禮了。請容我代替我家主人向您謝罪，真的非常抱歉。」

執事長向我道歉了。

我稍微張開眼睛一看，發現執事長正深深地低著頭。

居然說要代替主人謝罪……貴族不是不該輕易向別人道歉嗎？

他這樣擅自用主人的名義道歉真的沒問題嗎？

這代表這位執事長就是如此受到巴魯多信任嗎？還是說，這都是拜魔王的淫威所賜？如果不是因為這兩個原因，那就是執事長自作主張了。

到時候執事長的立場豈不是很危險？

嗯……算了，這不是我該擔心的事情。

因為這件事顯然是小混混的錯。

「之後我家主人應該會親自前來謝罪。我們會盡量避免讓少爺接近各位，希望您多加海涵。」

執事長低著頭繼續說道。

畢竟執事長只是在幫小混混擦屁股，繼續讓他低著頭也不好。

於是我放開莉兒與菲兒的後頸，輕輕拍了她們的肩膀。

明白我的意思後，她們才收起身上散發出的壓迫感。

「打擾各位休息，真的是萬分抱歉。請各位繼續休息。」

重新抬起頭後，執事長緩緩關上了門。

雖然這是場災難，但既然他都說那個小混混以後不會出現在我們面前了，那這件事就這樣算了吧。

我明明是這麼想的，但那個小混混之後卻常常跑來煩我們。

早知道當初就該殺了他……我曾經有過這種想法，但這當然是不能說的祕密。

布羅

他的本名是布羅·菲沙洛，也是菲沙洛公爵巴魯多的弟弟，同時還是魔王軍第四軍團的副軍團長。由於軍團長巴魯多忙著處理政務，所以他是第四軍實質上的領導者。由於他從小看著巴魯多為了魔族拚命工作的背影長大，所以很想幫助自己的哥哥。雖然乍看之下言行舉止很粗暴，但其實是個個性認真的傢伙。他是個把哥哥擺在第一位的兄控，一直把戀愛擺在一邊努力工作，卻對寄住在公爵家的奇怪女生一見鍾情。雖然他不著痕跡地展開攻勢，但因為以前不曾與女性交往過，不知道該如何討對方歡心，所以目前毫無進展。

間章　魔族公爵的苦惱

「老哥，那女人是誰？」
這是許久不曾碰面的弟弟對我說的第一句話。
「布羅，你是不是該先說聲『我回來了』？」
我傻眼地這麼說後，弟弟才敷衍地說了聲「我回來了」，而我也回了句「歡迎回來」。
布羅到北方遠征了好一段時間，我們已經很久沒有像這樣碰面了。
雖然有書信上的來往，但布羅的回程都在移動，所以這幾天完全沒有聯絡。
結果他劈頭就丟出這一句話。
「布羅，你口中的那女人是誰？」
雖說我們兄弟的感情很好，但他突然就說那個女人，我也不可能知道他在說誰。
布羅幾乎不曾跟我聊起關於女性的話題，如果他會像這樣特地開口提起，那對方應該是與他關係親近的沙娜多莉，或者是魔王大人……
可是，布羅又不是不認識她們兩個，跑來問我她們是誰實在有點奇怪。
布羅不認識，而我認識的女性是誰？

想到這裡，我腦海中浮現出一位女性。

「布羅……難不成在來我這裡之前，你有先回去公爵家一趟？」

「是啊。我就是要問住在家裡的那個女人是誰。」

布羅脫口而出的話讓我頭痛欲裂。

「你為什麼不直接過來這裡？」

「啊？我回自己家有什麼不對嗎？」

沒錯，這樣說確實沒錯！可是時機太差了。

現在因為魔王大人已經歸來，許多事情都有所改變。

布羅回家的時機可說是差到了極點。

當魔王大人歸來時，他正在行軍，我聯絡不上。

這一方面是因為他回來得突然，一方面是因為我這邊也很忙，沒辦法緊急派人前去通知。

因此，布羅不知道魔王大人回來的事情。

本來就算他先回公爵家一趟再過來這裡也沒問題，但只有這次無論如何都得先告訴他魔王大人回來了的事情，我其實很希望他能直接到我這裡來。

公爵宅邸目前住著幾位魔王大人的親信，也是我希望他直接過來這裡的原因之一。

要是讓他在完全不知情的狀況下遇到她們，只會引起不必要的騷動。

雖然我一直如此掛念著，但看樣子我擔心的事情已經發生了。

「你平常不是都會先到這裡來嗎？」

「我今天就是想先回家嘛。」

布羅臉不紅氣不喘地這麼說，讓我有點頭痛。

換作是平常的話，布羅會先到這座魔王城進行報告。

之後才會回到公爵宅邸。

所以我才會疏忽大意，沒想到他這次會先回去公爵宅邸。

時機實在是太差了。

「算了。反正事情都過去了，現在說這些也沒用。你口中的那名女子，是不是一名白髮女子？」

雖然魔王大人帶來的親信幾乎都是女性，但其中只有一人有可能是布羅口中的女人。

如果他想問的是其他人的話，應該會稱她們那個小鬼才對。

「就是她！她到底是誰？」

布羅探出身體質問我。

真罕見……

自從認識魔王大人之後，布羅好像就不曾對女性這麼感興趣了吧？

只不過，他對魔王大人的興趣是不好的那種，屬於負面的情感。

從布羅的表情看來，這次似乎不是這樣。

雖然這也讓我有種不好的預感……

「布羅……你為什麼這麼在意她？」

「我……我才沒有在意她！只是……對了！因為她在我不知道的時候住進家裡，會對她感興趣也很正常啊，不是嗎？」

布羅急忙辯解。

真可疑……

而且他還有些臉紅，讓我覺得更可疑了。

「難不成……你愛上她了？」

「想……想也知道不可能吧！老哥，你不要說這種奇怪的話好嗎！」

本來只是有點紅的臉，一口氣被染成赤紅。

這下子傷腦筋了。

為什麼對象偏偏是她？

我頭痛欲裂，抱住自己的頭，重重地嘆了口氣。

布羅有了喜歡的女生。

這或許是我該感到高興的事才對。

這傢伙曾經說過，在我結婚之前，他不打算跟任何人交往，以前對女人可說是毫無興趣。

就連出去遊玩，也幾乎不曾跟女性一起去。

因為平時的言行，讓布羅很容易遭人誤解，但他其實是個個性太過認真的人。

不管是工作職務也好，還是跟女性的關係也好，他始終都是清廉潔白，可說到了古板的地步。

而那個布羅第一次對女性感到在意。

啊啊……如果對方不是魔王大人的親信，我一定會舉手歡呼。

「布羅，她是魔王大人的親信。」

原本羞紅著臉且鬼鬼祟祟的布羅突然停住不動了。

「魔王？那女人回來了嗎？」

剛才那種輕浮的模樣就像是騙人的一樣，從布羅身上散發出了壓迫感。

他的反應讓我再次嘆氣。

看來布羅對魔王大人抱有的負面情感完全沒有減少。

「沒錯。因為你當時正在行軍，所以無從得知這件事，但魔王大人已經回來了。」

聽到我這麼說，布羅先是不悅地咂嘴，然後便盯著我看，要我繼續說下去。

「因為魔王大人歸來，我把在此之前暫時交給我的魔族最終決定權也還回去了。」

在此之前，我一直掌管著以這座魔王城為中心的魔族政局。

可是，我終究只是魔王大人不在時的代理人。

既然魔王大人已經回來，就應該把由我代理的所有權力還給魔王大人。

話雖如此，但也不能一下子就把所有事情都丟給魔王大人。

需要交接的事項可說是堆積如山。

「老哥，你覺得這樣行嗎？」

布羅不滿地如此問道。

「沒什麼行不行的。既然魔王大人如此決定，那我就會遵從命令。」

魔族對魔王必須絕對服從。

所謂的魔王，對魔族來說就是如此意義重大。

可是，我不只是因為這樣的理由才服從現任魔王。

「不管受到多麼不合理的對待，我都無法違抗魔王大人。我們的實力差太多了。」

這就是一切真相。

不管合不合理，如果我不聽從命令，就會遭到更不合理的對待。

「就算真的是這樣，魔族目前也沒有能夠打仗的餘力吧！」

「就算是這樣也要打。既然魔王大人說要打，那我們就只能去做。」

魔王大人的首要方針，就是發動對人族的大規模戰爭。

正確來說，應該是只有這項方針才對。

而那也是許多魔族無法接受魔王大人的原因。

魔族目前正因為與人族長年征戰的弊端而陷入困境。

布羅說我們沒有發動戰爭的餘力並沒有錯。

他會對硬要我們發動戰爭的魔王大人有所反彈，也是沒辦法的事。

即使如此，我們還是不得不聽從魔王大人的命令，全是因為魔王大人的實力太過強大。

「布羅，就算我們魔族團結一致，試圖推翻魔王大人的統治，結局也註定只會是滅亡。憑魔王大人的實力，單槍匹馬就能消滅所有魔族。但是，與人族開戰就不是這樣了。雖然我們八成會受到重創，但還有機會活命。看是要在註定滅族的情況下違抗魔王大人，還是要在與人族的戰爭中找尋希望。我只不過是選擇了還留有一絲希望的那條路罷了。我不會叫你接受，只希望你能夠照做。」

面對我真摯的要求，布羅不悅地哼了一聲轉過頭去。

布羅其實也明白這個道理。

只是感情跟不上理性罷了。

我也沒能完全消化掉自己的感情。

「唉……可是，沒想到你愛上的女人，居然偏偏是魔王大人的親信……」

「什麼！你說我愛上她！才……才不是那樣呢！」

我忍不住小聲感嘆，布羅明顯動搖了。

剛才那種沉重的氣氛瞬間就瓦解了。

難道他以為自己擺出那種態度就不會被發現嗎？

話說回來，他還真是愛上了個麻煩的女人。

「我還是要給你個忠告，我覺得你還是放棄她比較好。」

「就說了我聽不懂你在講什麼啦！」

老弟故意大聲否認，讓我對他的將來感到不安。

布羅愛上的白小姐是魔王大人的親信。

光是這樣就夠讓我頭痛了，更別說白小姐本身也是個來路不明的傢伙，老實說，我實在不贊成老弟跟她交往。

魔王大人帶回來的親信，全都不在常識的範疇裡。

其中又以白小姐最為異常。

雖然其他人都超乎了常識的範疇，但也就只是超乎常識罷了。

即使超乎了常識，也還能夠理解。

可是，唯獨白小姐讓我無法理解。

乍看之下，她只是個普通人。

不，就容貌來說，她美得異常，我甚至覺得布羅會對她一見鍾情也是沒辦法的事。

不過，從日常生活中的舉止來看，她的戰鬥能力似乎不高。老爺子是這樣向我報告的。

我只在第一天見過白小姐。

當時，在魔王大人的親信之中，她是我唯一不覺得是強者的人。

因為現下所處的立場，我見過各式各樣的人物，即使不發動鑑定，也能透過感覺明白對方的實力。

如果照我的感覺來判斷，白小姐就跟普通人沒有兩樣。

可是，除此之外的某種感覺一直在告訴我——

她不是強者的話就太奇怪了。

我的感覺明明告訴我她不是強者，但我卻強烈地覺得這個判斷很奇怪。

我有生以來還是頭一次遇到這種事，光是因為這樣，就讓我覺得白小姐是那群人中最異常的人。

搞不好比魔王大人還……

「我已經勸過你了喔。如果你還是堅持的話，那我也不會再說什麼了。」

「我就說事情不是你想的那樣了嘛！」

布羅那種完全藏不住內心想法的態度讓我重重地嘆了口氣。

雖然已經提出忠告，但我這個老哥也不好意思繼續對老弟遲來的初戀說三道四。

再說，布羅能不能讓白小姐愛上他也還是未知數。

現在這個階段說這麼多也沒用。

「總之，你先努力別被她討厭吧。」

「好……好啦。」

聽到我隨口敷衍的建議，布羅的眼神不知為何飄忽不定。

後來我從老爺子口中聽說宅邸中發生的事件，便知道老弟的戀情前途無亮。

大家總說初次見面的印象很重要，不管怎麼說，女生都不可能對在她房裡放火的男人有好印象吧。

他到底為什麼要幹那種蠢事！

唉……

光是魔王大人硬塞給我的難題，就已經夠我忙的了。

至於那個笨老弟的初戀，我決定忘掉。

裏鬼２　管理者邱列迪斯提耶斯

對自己的人生毫無悔恨的人，這世上真的存在嗎？

在我們諸神的眼中，人的一生轉瞬之間就結束了。

然而，即使只有短短一瞬間，人也多多少少會為自己的抉擇感到後悔。

如果我當時這麼做的話……如果我當時做出不一樣的選擇的話……

大家都會做出像這樣的假設，夢想著只要做出不一樣的選擇，說不定就能得到更好的未來。

可是，假設終究只是假設。

不管想再多次，過去都無法改變。

即使如此，人們還是會去想。

思考自己的抉擇是不是對的。

就連人類短暫的一生都會這樣了。

活過遠比人生更為漫長的歲月的我，就算同樣為了過去的抉擇而苦惱，應該也不是什麼奇怪的事情吧。

我明白，不管我如何苦惱，都無法改變過去。

我也明白覆水難收的道理，但還是忍不住會去想。
我知道與其為了過去的事情後悔，倒不如努力做好現在力所能及的事情會更有意義。
即使如此，我有時候仍然會感到空虛。
懷疑自己的抉擇到底是不是對的。
我得不到答案。
無論何時，做出的抉擇是否正確這種事，在事發的當下總是無從得知。
答案會在很久以後才揭曉。
只會在成為過去讓人回首時揭曉。
所以我們才會回首過去。
為了確認過去的抉擇是否正確。
活在當下的我們，永遠不曉得當下的抉擇是否正確。
如果有人知道那些抉擇是否正確，我真希望他能夠告訴我。
儘管明白那種事情不可能會有人告訴我，我還是忍不住如此希望。
我做出的抉擇到底是不是對的？

『這樣好嗎？』
冰龍妮雅向我如此問道。

我也不知道這個問題的答案。

因為我無論何時都不曉得自己的抉擇是否正確。

「要是我們插手，也只會玷汙雷卡的尊嚴。」

於是，我找了個煞有介事的藉口，避免說得太過武斷。

『也對，那確實是無愧於號稱劍術最強的男人的壯烈死法。』

看來我並沒有說錯。

在我們的視線前方，前任劍帝雷卡就倒在地上。

那男人已經再也站不起來了。

把下定決心捨棄劍帝寶座的他帶來這裡的人是我。

因為我想知道，總是在前線與魔族戰鬥的雷卡，看到這個地方會有什麼感想。

我對此並不感到後悔。

然而，想要遠離戰場的雷卡，最後卻還是在戰鬥中死去的這件事，讓我有些感觸。

我在想，當初把雷卡帶來這裡，到底是不是對的？

當然，當時的我並不知道結果會是這樣，這種事情想了也是白想。

就算是神，也無法看穿未來。

如果是D那種大人物，或許有辦法看穿，但至少我是辦不到的。

如果辦得到的話，我就不會為自己的抉擇如此苦惱了吧。

裏鬼2　管理者邱列迪斯提耶斯

或許我反而會有更多煩惱，不知道該選擇哪種未來也說不定。
如果在與雷卡接觸時，我就看出未來會發生這種事的話，我又會怎麼做呢？
……我不知道。
到頭來，不管能不能看穿未來，我都得在懷疑自己的抉擇是否正確的情況下，懷著恐懼做出抉擇。
而我的抉擇害死了雷卡。
選擇挑戰那位轉生者的是雷卡本人，戰鬥到至死方休的也是雷卡本人。
其中並沒有我的意志介入。
可是，我還是免不了這麼想。
如果我沒把雷卡帶來這裡，事情就不會變成這樣了。
這是種傲慢。
認為一切都是因為我的抉擇所導致，就等於是無視做出這種抉擇的雷卡的意志。
除了傲慢之外，這種想法什麼都不是。
越是這麼想，我就變得越難做出抉擇。
最後變成一個只會隨波逐流，放棄做出抉擇，只會在旁觀望的傢伙。
在此之前，就算我是這種人也無所謂。
可是，在D開始行動後，我應該也不得不做出某種選擇了吧。

即使D讓我沒有太多的選擇。

『那小子開始行動了。』

妮雅一邊注視著眼前的轉生者，一邊小聲呢喃。

擊敗雷卡的鬼人轉生者，正朝向村子邁開腳步。

在與雷卡一戰時消耗的力量，已經因為D賜給轉生者們的特殊技能的效果而完全恢復了。

那個技能名叫n%I=W，有著好幾種特殊效果。

雖然那些效果都是為了讓轉生者能在這個世界活下去的措施，但其中也有能在等級提升的同時，接受儲存在系統中的能量補給，讓人治好身上的傷並且恢復MP與SP的功能，充分展現出D有多麼優待那些轉生者。

居然從為了儲存能量而存在的系統中抽出能量。

這種效果簡直就是在否定系統存在的理由。

即使那些能量可說是微不足道，我這個為了儲存能量而四處奔走的人，還是會感到羞愧。

就算沒有這些厚待，轉生者們對這個世界來說也是異類。

他們引發的事件，不管是好是壞，都對這個世界造成了重大的影響。

光是一個轉生者，就已經有過把我、愛麗兒和達斯汀這些知道世界真相的人耍得團團轉的紀錄。

因為除了上述事件的犯人——白以外的轉生者們都還很年幼，還沒辦法引發重大事件，而且絕大多數都落在波狄瑪斯手中，所以目前還沒造成太大的影響。

可是，除了白以外的轉生者，也慢慢開始對這個世界造成影響了。

而最好的例子，就是我眼前這位鬼人的轉生者。

「那麼，我現在該怎麼做……」

鬼人轉生者的腳步很穩健。

可是，這跟他的意識是否清醒是兩回事。

因為憤怒這個技能的緣故，他已經失去理智了。

憤怒——

那是其中一個支配者技能，也是能夠在有限的權限下存取系統的鑰匙。

那終究只是一把鑰匙，如果不知道鑰匙孔的位置以及開門的方法，就無法存取系統。

可是，雖說權限有限，但那是並非管理者的這個世界的居民們，唯一能夠接觸到系統的手段。

我不明白D為何創造出這樣的技能。

可是，既然有這種技能，其中就應該存在著某種意圖。

話雖如此，但唯獨憤怒這項技能幾乎沒有作為鑰匙的意義。

只要發動憤怒，就能大幅強化能力值，卻會因為怒火而失去理智。

最後就會變得跟現在的鬼人轉生者一樣，變成只知道要殺光眼前生物的殺戮機器。

一旦變成那樣，就沒辦法開門了。
因為毫無理智的野獸不可能懂得鑰匙的用法。
可是，根據我的觀察，那位鬼人轉生者跟我以前見過的憤怒擁有者有些不同。
除了初代擁有者之外，歷代的憤怒擁有者最後都變得跟野獸差不多。
連武器都不會使用，只會靠著蠻力到處作亂。
如果有著因為憤怒的效果而大幅提升的能力值，光是這樣便已經是很大的威脅了。
可是，在失去理智的失控狀態下，沒辦法徹底發揮他們擁有的技能的力量。
其中有些傢伙甚至是在不使用憤怒的情況下還比較難對付。
與他們相較之下，那位鬼人轉生者不但會用劍，還能在戰鬥中學習雷卡的戰技。
雖然看上去不像還保有理智，但看起來也不像完全失去自我。
話雖如此，但那種事情並不重要。
要是就這樣放著他不管，他應該會為了找尋新的獵物，而繼續深入這塊地區吧。
為了不讓那種事情發生，我才會對以妮雅為首的魔之山脈冰龍們下令，要牠們誘導鬼人轉生者，別讓他來到這裡。
「結果還是沒能順利擋下他啊……」
『真是萬分抱歉。』
雖然妮雅向我道歉，但這也怪不得牠們。

「妳不需要道歉，是那傢伙筆直地往這裡前進了。雖然不曉得他是為了逃離妳，還是因為感覺到人類的氣息而前往這裡，但我要妳別殺了他，只妨礙他前進，打從一開始就是強人所難。反倒是下達這種不合理指示的我該道歉才對，畢竟都已經造成那樣的犧牲了。」

回頭一看，地上到處都是妮雅麾下的龍和竜的屍體。

這就是從妮雅口中得知異狀後，我要她別殺害鬼人轉生者，只能把對方擋下的結果。

如果只是要殺死對方的話，就不會出現這樣的損失。

我提醒她別殺害對方，結果連龍都為此犧牲了。

『這不是您需要在意的事情。妾身們都是您的道具，只要主人一聲令下，就算要赴湯蹈火也在所不辭。』

妮雅這句話說得豪氣干雲。

這些原初之龍對我都很忠誠。

就連平時的言行看似有些不正經的妮雅與修邦，都忠實地履行自己被賦予的使命。

我的所做所為，到底配不配得上牠們的忠誠？

是不是只因為我是真正的龍，就得到了牠們的忠誠？

我知道對長久以來都在為我犧牲奉獻的牠們懷有這種疑惑，是在愚弄牠們的忠誠之心。

可是，我實在是沒有自信。

不知道自己能不能報答牠們這種連命都能獻上的忠節。

說不定正是因為感受到我的窩囊，在龍之中本應最為忠誠的地龍加基亞，才會在我沒有指示的情況下挑戰愛麗兒。

因為對白懷有期待，認為她能打破停滯不前的現況，加基亞才會挺身阻擋當時與白敵對的愛麗兒。

牠不惜拋下守護艾爾羅大迷宮最下層這個最重要的任務，也要採取行動。

在對部下的自主性感到高興的同時，牠明知會死也要付諸行動這件事，還是讓我的心情有些複雜。

大家都丟下我，離開這個世界了。

我想，在不久的將來，恐怕就連莎麗兒都會……

光是想到這件事，我的胸口就感到一股難以言喻的痛楚。

要是那種事情真的發生，那我到底是為了什麼才活到現在？

我真的搞不懂。

不行。現在不是思考以後的事情的時候。

我現在必須決定該如何處置那位鬼人轉生者。

「要解決他是很容易。不過，妳不希望我直接出手對吧？」

『嗯，那當然。』

一道聲音回答了我那幾乎是自言自語的話語。

一個小型的板狀機械在不知不覺間出現在我眼前。
在那邊的世界，這似乎是名叫智慧型手機的通訊裝置。
只不過，那東西到底是什麼這個問題現在並不是很重要。
重點是連接在這個機械的另一邊的人物是誰。
「D。」
『沒錯，我就是邪神D。』
我還在想她說不定會回話，就把心裡想的事情說了出來，沒想到她真的會像這樣與我聯絡。
她是這個世界的系統製作者，也是唯一位階比我更高的傢伙。
正是因為有D，這個世界才得以存續至今。
同時，也正是因為有D，我才無法隨便行動。
而在我所說的隨便行動之中，也包含了隨便對轉生者出手這件事。
正因為如此，我才會只叫妮雅牠們阻擋鬼人，並且吩咐牠們不能下殺手。
若非如此，我才不會採取這種麻煩的手段，早就收拾掉鬼人了。
『看來你總算了解我的喜好了，這樣很好。』
居然說是喜好……
D會對我的行動加以限制，是因為如果一切問題都由我來解決，她會感到無趣。
正如她本人所說，這是喜好的問題，其中沒有更有意義的理由。

只因為「這樣比較有趣」這個D個人的喜好，我就不得不對在這個世界上發生的事情袖手旁觀。

儘管擁有能夠解決問題的力量，我卻只能咬著手指在旁邊觀看。

神的遊戲——

在我為自己的行為是不是一種傲慢而煩惱的同時，D卻對此毫不在意，寧可不擇手段也要滿足自己的慾望。

不管那會造成多大的損害，她都要優先滿足自己的慾望。

照理來說，那不是可以被容許的事情。

可是，D擁有即使那麼做也會被容許的力量，同時也是讓這個即將崩壞的世界得以延續下去，並且為我們指出救贖之道的人。

就算不論身為神的位階差距，光是有她對這個理應被廢棄的世界伸出援手的這份恩情，我在她面前就抬不起頭來。

而且D的行動也不見得都是壞事。

雖然她不但把名為轉生者的異類丟進這個世界，之後還屢次出手干涉，但從整個世界的角度來看，那些幾乎都是微不足道的小事。

雖然上次舊時代的兵器失控的時候，她的行動差點就要釀成大禍，但也沒有造成什麼重大的損失，事件就順利平息了。

我甚至懷疑她當時限制我的行動，是為了讓白完成神化。

雖然情勢因為白而變得混亂，但也不會對系統的運作造成影響。

反倒是因為名為轉生者的異類出現，讓一直按兵不動的波狄瑪斯展開行動，這件事化為前所未有的浪潮，為這個世界帶來了變化。

雖然不曉得這股浪潮最後是會往好的方向前進，還是變成通往破滅的序曲，但是就現狀來說，這並不完全都是壞事。

正因為如此，我才沒有冒著危險違抗D。

然而，唯獨這次的事件，我非得做些事情不可。

「我不可以直接下手，那……妳覺得讓妮雅出手如何？」

『嗯……』

聽到我的提議，D裝模作樣地低吟一聲，像是在思考一樣陷入沉默。

像D這樣的上位存在，思考明明只是一瞬間的事情。

難道這也是D覺得有趣才做的表演嗎？

『如果附帶條件的話，我就允許。』

沒想到她的答覆居然是可以。

我還以為她會冷冷地回我一句「不行」。

『在不殺死他的情況下制服他。只要能夠遵守這個條件，就算要使出全力也行。』

她提出的條件可說是簡單明瞭。

不過，內容卻非常困難。

在不殺死對方的情況下制服敵人可是件難事。

如果只是要殺死對手並不困難。

只要使出全力戰鬥就行了。

可是，既然不得不留對手一命，就表示無論如何都必須手下留情。

更何況對手還是非常難以制服，直到戰死為止都會極盡暴虐之能事的憤怒擁有者。

尋常傷勢無法阻止對方，但要是把對方傷得太重，又會奪走對方的性命。

可以全力以赴只是說好聽的，出手的輕重根本相當難拿捏，妮雅恐怕得被迫面對一場驚險萬分的戰鬥吧。

即使如此，我還是只能接受這個條件。

畢竟雖是有條件的，我還是取得D的允許了。

「妮雅。」

『是。』

「交給妳了。」

『沒問題。』

妮雅一邊說出可靠的話語，一邊緩緩飛向鬼人轉生者。

鬼人轉生者正在村子裡找尋獵物，但居民都已經在雷卡的指示下前去避難，村子裡一個人都沒有。

房子與物資都還留在裡面，但他已經透過n％I＝W的技能效果恢復SP了，應該也不需要食物吧。

因為擊敗了妮雅底下的龍與竜，又擊敗了雷卡，鬼人轉生者的等級提升了。

雖然每次提升等級，都會讓他透過n％I＝W的技能效果得到完全恢復，但若是沒有那種效果，他遲早會筋疲力盡。

拜此所賜，逐步投入戰力這種拖延戰術，變成了純粹只是給予敵人力量的愚蠢策略。

早知道事情會變成這樣，我打從一開始就該派妮雅去阻止他。

不，D八成不會允許我這麼做吧。

我猜是因為鬼人轉生者的等級提升，得到勉強能夠對抗妮雅的力量了，她才同意讓我這麼做的。

萬一鬼人轉生者的戰鬥力提升到跟妮雅不相上下的地步，到時候她說不定真的會允許妮雅全力以赴。

比起以壓倒性的戰力得到完全勝利，D似乎更喜歡那種不知道誰勝誰負的戰鬥。

既然如此，就算有所讓步，妮雅也還是有著十足的勝算。

「妮雅，全靠妳了。」

『我期待能看到一場勢均力敵的對戰。』

D完全不曉得我有多麼認真看待這件事，用悠哉的聲音如此說道。

為了避免她察覺我內心的不悅，我一邊留意著別目露凶光，一邊看向通訊裝置，但當我把目光移過去時，那東西早已消失無蹤。

就跟出現時一樣，我完全感覺不到動靜與前兆。

徹底展現出我們身為神的位階差距。

正因為位階不同，我才不得不聽她的。

然後，就算通訊裝置消失了，如果我在這時候輕舉妄動，我的生命就會在那瞬間結束。

雖然沒有天理，但現實就是如此。

我只能相信妮雅，靜靜守護著她了。

我不能讓那位鬼人繼續在這個地方撒野。

原因有兩個。

兩個原因都是由於這個地方是特別的。

與其說是這個地方，不如說是這個地方的居民才對。

為了方便起見，我稱呼這個地方為狹縫之國。

這個地方是從大陸突出的半島，因為中間擋著魔之山脈，所以與內陸完全隔絕。

如果要踏進此處，就只能翻越魔之山脈，或是渡海而來。

由於魔之山脈有著以妮雅為首的冰龍，海上則有著水龍分別擋住了人們的去路，所以想要抵達這裡實際上是不可能的事情。

住在這塊與世隔絕之地的居民，都是我帶來的。

他們都是靈魂的壽命即將結束之人。

系統會過度使用這個世界的居民的靈魂，藉以壓榨能量。

這是無可奈何的事情。

只要把這當成是這個世界的人們為自己犯下的過錯贖罪，以及讓這個本應滅亡的世界存續下去的犧牲，就非不能接受。

可是，我沒想到因為系統過度使用靈魂，會導致世界上開始出現靈魂即將消磨殆盡的人。

說不定就連D也沒想到世界的再生會需要花上這麼長的時間。

一旦靈魂消磨殆盡，就只能徹底崩壞。

不是只有死亡，而是回歸虛無。

一旦到了那種地步，就連想要轉生都不行。

為了防止那種事情發生，我才會把靈魂明顯劣化的人們帶到這裡加以保護。

這個地方沒有魔物。

正因為有著魔物這種顯而易見的外敵，人們才會鍛鍊技能、追求戰力。

而技能對靈魂來說只是重擔。

只有盡量避免鍛鍊技能，過著平穩的生活，才是讓靈魂得到安寧的方法。
住在這裡的絕大多數居民，都只擁有最低限度的技能。
雷卡就是因為擁有太多技能而導致靈魂急速劣化的案例。
因為他對戰鬥感到厭煩，只要他能安穩度過餘生，就能避免進一步的技能強化，進而阻止靈魂的劣化。
雖然這無法從根本上解決問題，只是一種延命措施，但總比不做要來得好。
由於這個地方的居民都是因為這個緣故來到此地，所以我不能讓他們被鬼人轉生者殺掉。
人死了就會轉生。
可是，在這個世界轉生會對靈魂造成負擔。
這就是我無論如何都得阻止鬼人轉生者的第一個原因。
而另一個原因，則是我個人的願望。
我只是純粹不希望這個地方遭人踐踏。
這個地方住著靈魂嚴重劣化的人們。
無關乎是人族還是魔族。
命中註定要互相爭鬥的兩個種族，在這個地方一起過著平穩的生活。
這裡沒有魔物，人們也不會互相爭鬥。
與世隔絕的這個地方，就是個小小的樂園。

莎麗兒過去所追求的理想鄉。

在這個地方得到了實現。

……即使這個虛假的樂園是在我的管理下才得以成立。

我明白這個樂園之所以得以成立，是因為居民也知道，如果不平穩度日，自己就會有危險。

就算是這種虛假的樂園，這個地方也是莎麗兒所追求的目標的一種體現。

看到這個地方被人破壞，會讓我覺得不是滋味。

這只是個非常自私又無聊的原因。

可是，正因為如此，我才不想退讓。

雖然比不上Ｄ，但我也是個忠於自己慾望的傲慢的神。

我一邊想著這些事，陷入輕度的自我厭惡之中，一邊注視著妮雅的戰鬥。

4 抵達天國

睡覺。起床。吃飯。產絲。吃飯。消磨時間。睡覺。

這裡是天國嗎?

我追求的理想鄉就在這裡!

「別人努力念書的時候,妳到底做了什麼?」

但這個天國被額頭冒著青筋的吸血子給闖入然後破壞掉了。

「既然妳閒閒沒事做,要不要跟我一起上課,或是學習禮儀?」

吸血子面帶燦笑,硬是把我拖走。

我不要!

事到如今,我才不想念書呢!

可是,有個令人痛心的事實。

憑我現在的臂力,沒辦法把吸血子推開。

咕!沒想到失去能力值的弊害會在這種時候……!

於是,我就這樣被吸血子強行帶走了。

順帶一提，吸血子之所以能夠進到我們的房間，是因為在那個小混混前來襲擊之後，吸血子馬上就接著前來襲擊。

不是救援，而是襲擊。這點很重要。

雖然吸血子聽到吵鬧聲後連忙趕了過來，但她的第一句話卻是「哎呀？這下子我總算能進去了」。

臉上還掛著有如邪惡組織的女幹部般的邪惡笑容。

該怎麼說呢……她就像是一直在等待這一刻般，毫不客氣地闖進房裡，一邊渾身散發殺氣，一邊丟下「如果學乖了，以後就別把房間封死」這句話。

看來這位幼女似乎對我們一直窩在房裡這件事很生氣。

要是不乖乖聽話就會被殺！

有這種想法的似乎不是只有我，莉兒與菲兒也一左一右地抱著我發抖。

把幼女推進恐懼深淵的幼女……

實在是太可怕了……

話說，莉兒與菲兒不是比吸血子還要強嗎！

妳們怎麼可以害怕！

不過，怕得要死的我們終究還是屈服於吸血子的脅迫。

咕！不應該是這樣的啊！

從此之後，我們的房間門戶大開，吸血子只要有空就會前來襲擊。

不是訪問，而是襲擊。這點很重要。

如果她在上午的絲球製造時間過來，就會妨礙我工作；如果她在下午優雅的下午茶時間過來，就會搶走我們的茶點。

梅拉這位監護人不在身邊，讓她變成了一個暴君！

最後甚至還強行擄人。

就算是以性格溫厚著稱的我，也差不多要發飆了喔？

可是我必須忍耐。

因為吸血子也很寂寞。

不但跟梅拉這個心靈支柱分隔兩地，魔王這個保護者也不在身邊。

我猜是因為旅途中一直很熱鬧，跟現在的生活有一段落差，讓她感到寂寞，才會做出這種暴行吧。

沒錯，就是這樣。

大姊姊我個性超級溫厚又超級寬容。

小孩子偶爾任性一下，我就稍微忍著點吧！

我真是太溫柔了。

於是，我跟吸血子的讀書會開始了。

不好意思，我可以先走一步嗎？什麼？不行？

因為這太累人了嘛！

上課倒是還好。

因為我在旅途中從魔王口中得到不少知識，讀書打發時間時也有學到一些東西，所以大部分內容都聽得懂。

可是禮儀課就不行了！

什麼？叫我學習優雅走路的方法和餐桌禮儀？

那個超級難耶。

因為用到的肌肉跟正常走路時用到的好像不太一樣，搞得我全身肌肉痠痛啊！

遵守餐桌禮儀得在吃飯時顧慮到許多事情，害我根本沒心力好好品嚐難得的美食！

我的胃可沒辦法像以前那樣狂吃了啊！

現在每天能吃的量本來就不多，如果不好好品嚐就太浪費了，這樣可是會害得吃飯的魅力減半啊！

誰要賠償我的損失！

最可怕的是跳舞！

本小姐怎麼可能有辦法做那麼劇烈的運動！

想要殺了我嗎！

拜此所賜，我每次從吸血子的魔掌逃回房間時，都會變得像條破抹布一樣。

要是再遇上有戰鬥訓練的日子，我可能真的會死。

幸好負責教育吸血子的家教沒多久就放棄教她戰鬥，讓我撿回了一命。

其他講師能不能也甩手不幹呢？

尤其是禮儀課的講師。

可是……！

吸血子最需要的偏偏就是禮儀課。

就像一般課程難不倒我一樣，從魔王口中聽說過同樣內容的吸血子，對一般課程也頗為擅長。

再加上從前世累積下來的學習成果，吸血子的腦袋遠遠好過同年紀的正太與蘿莉。

一般課程的講師對她也是讚不絕口。

還說她是天才。

可是，禮儀課就不是這樣了。

畢竟她前世時也沒有太多機會接觸到貴族的禮儀，今世也沒有從魔王那邊學到。

因為魔王也不是貴族。

雖然梅拉只要有空就會教她一些簡單的東西，但也不是正式的課程。

真要說的話，那對吸血鬼主僕根本沒在管禮儀，都在做戰鬥訓練。

簡直就是戰鬥民族。

拜此所賜，吸血子的禮儀已經達到與年齡相符，甚至稍微好一些的等級了。

聽說貴族這種人從一出生就開始學習禮儀了。真是可怕。

在跟一出生就開始學習禮儀的純正貴族差不多厲害時，吸血子就已經算是厲害得誇張了。

我？

我的外表已經是個高中女生了！

還讓禮儀老師睜大雙眼，喊了聲「哎呀哎呀！」用關愛的眼神看了過來！

我活到這把年紀，卻連一點禮儀都不懂，是個教起來很有成就感的學生！

那個……別看我這樣，我跟吸血子的實際年齡幾乎一樣耶？

千萬別被外表蒙騙。

我也是貨真價實的幼女！

所以拜託您手下留情一點吧。

除了讓我每天面對肌肉痠痛這個難關的禮儀課之外，還有兩件事讓我感到煩躁。

其一是找回力量這件事毫無進展。

至於另一件事……或許該說是另一個傢伙……

「嗨。」

「滾回去。」

這個才剛出現就被吸血子冷落的傢伙，就是上次的小混混。

沒錯。

這位我不想再見到的縱火狂，不知為何經常像這樣跑來找我們。

喂，執事長。

你不是說以後都不會讓這傢伙接近我們嗎？

雖然這麼想，但怪到執事長頭上就怪錯人了。

明明是個小混混，這傢伙卻很聰明，專挑執事長不在的時候過來。

為了輔佐身為當家的巴魯多，執事長偶爾會前往魔王城。

不但要管理這棟宅邸，還要輔佐巴魯多，執事長也過著非常忙碌的每一天。

小混混利用他的忙碌，一找到機會就前來襲擊。

除了執事長之外的其他傭人，似乎都不敢阻攔當家的弟弟，女僕們只能一臉抱歉地把他帶來這裡。

就是因為這樣，才不能讓問題兒童握有權力啊！

「小鬼頭滾一邊去。」

「那你怎麼不滾？你這個腦袋跟小鬼頭一樣的、傢、伙？」

一陣寒風不知道從哪裡吹了過來。

這不是我的錯覺，房裡實際上真的有風吹過。

吸血子和小混混不小心洩漏出來的魔力，分別變成冰屬性與火屬性互相碰撞，劇烈的溫差產生了風。

這陣風之所以寒冷，應該是因為吸血子的力量強過小混混的力量吧。

是說，你們能不能停手啊？很冷耶。

優雅的下午茶時光為何會變成這種修羅場呢？

我不知道……我真的不知道……

既然不知道，那最好就放著不管吧。

事情就是這樣，我喝下因為寒冷的空氣而稍微涼掉的茶。

莉兒與菲兒看都不看小混混一眼，大口吃著點心。

這兩個傢伙明明好歹算是我的護衛，卻因為小混混前來襲擊的次數實在太多，最近已經完全放著他不管了。

這樣子對嗎？

還有，那邊的小混混……

你居然跟吸血子這樣的幼女認真互瞪，這樣子對嗎？

吸血子也很討厭小混混，把他當成是毒蛇猛獸。

幼女跟小混混互瞪的模樣，從客觀的角度來看，實在是很可笑。

啊……他們從互瞪演變成互嗆了。

至於互嗆的內容，就任憑各位觀眾想像吧。

說實在的，因為他們吵架的內容水準太低，讓人想要吐槽「你們是小學生嗎？」所以我覺得沒必要刻意說出來。

畢竟爭吵這種事，只會發生在水準差不多的人身上……

「莎兒。」

越來越激動的吸血子叫了莎兒的名字。

拿著茶杯靜止不動的莎兒，對聲音做出反應站了起來。

停手！快點停手！

我用手勢叫莎兒快點坐下。

莎兒乖乖聽從我的指示，再次坐了下來。

呼……

吸血子啊……

就算一時情緒激動，也不能用上莎兒吧。

畢竟這孩子聽不懂玩笑。

一旦叫她動手，她就會真的把人殺掉。

要是隨著場面起舞，下了不該下的命令，莎兒就會照做。

因為莎兒是危險人物，對她下命令時，千萬要謹慎行事啊！

……我可沒有因為小混混有點煩人，就認真想過要把他收拾掉喔。

也沒想過現在動手或許能把責任推給吸血子。

沒錯。我才沒那麼想呢。

「你到底是來幹嘛的！趕快滾回去啦！」

「吵死人了！我又不是來找妳的！再說這裡可是我家！」

啊啊……好和平啊……

我從忙著互嗆的吸血子和小混混身上移開視線，吃著桌上的點心。

「喂！妳也不准無視我！」

嗚！矛頭居然指向我了！

因為怕麻煩，我裝作事不關己的樣子，別開了視線。

「噗！人家連看都不想看你喔，真是活該。」

「嗚嗚……！」

吸血子得意地笑了出來，小混混身上發出的壓迫因為怒火而變強了。

為什麼吸血子這時候要笑得那麼得意？

話說，我真心希望小混混趕快離開。

他真的很煩。

「我今天只是要把這個拿過來而已！不好意思打擾妳們了！」

咚！把裝有某種東西的瓶子使勁擺在桌上後，小混混就踩著重重的腳步離開了。

他似乎從氣氛感受到我是真的不想理他。

既然明白這點，真想叫他不要老是跟吸血子起衝突。

不，應該直接叫他別來煩我們才對。

有別於暗自感到厭煩的我，吸血子望著小混混離去的背影，不屑地哼了一聲。

妳也一樣，別老是跟那傢伙吵架。

因為我會冷，生理上的冷。

「這是什麼？嗯？酒？」

吸血子的好奇心似乎已經從小混混身上轉移到他留下的東西上了。

她拿起小混混擺在桌上的瓶子，仔細端詳了起來。

「看起來好像沒下毒，只是普通的酒。」

看來她用鑑定調查過了。

話說回來，為什麼是酒？

小混混老弟，這樣不對吧？

怎麼會有人送這種東西給女生？

難不成是因為把我們帶來的魔王，在魔王城裡喝得爛醉如泥嗎？

不，其實我也不知道魔王有沒有喝成那樣。

可是，如果不是因為這樣，那傢伙也不會選擇酒作為禮物吧？

應該不會吧？

換作是酒精中毒的傢伙，收到這種禮物或許會舉雙手歡呼，但我可是個健康的乖寶寶。

我很健康喔，只是體質有點虛弱。

不過，這一方面也是因為小混混不知道該送什麼了吧。

畢竟他送的第一份禮物是花束。

雖然瞬間就被吸血子凍成冰塊敲碎了。

在那之後他還準備了各種禮物，但看來經過一番研究後，小混混似乎認為送我們食物的效果最好。

嗯。正確答案。

不過，我還是覺得送酒有點問題。

「……我聞一下看看。」

吸血子不知道在想什麼，打開瓶蓋聞了裡面的味道。

「嗚……」

然後整個人往後一仰。

啊……對了，我記得吸血子的酒量很差。

在旅途中，魔王會一口氣買下好幾桶酒，經常會喝酒。

雖然我們也會陪魔王一起喝，但因為吸血子還太小，所以不被允許喝酒。

不過，她曾經瞞著魔王偷喝了幾次。

然後，只要偷偷喝酒，吸血子就必定會醉倒。

也許是因為體質的緣故，她的酒量似乎很差。

根據梅拉的說法，吸血子的母親似乎也是只喝一點酒就會馬上睡著，所以應該是遺傳到她的體質了吧。

從吸血子剛才的反應看來，好像光是聞到酒味就不行了。

她的酒量到底有多差啊？

吸血子似乎認定自己喝不了，露出不服氣的表情，把酒瓶擺回桌上。

嗯……

這麼說來，自從神化之後，我就沒有喝過酒了。

雖然當我還是女郎蜘蛛時經常跟魔王一起喝酒，但自從神化之後，魔王就禁止我喝酒。

這是因為神化後的我太過虛弱，讓魔王做出「讓小白喝酒應該不太妙吧？」這樣的判斷。

嗯，她的判斷是對的。

畢竟還是女郎蜘蛛時的我會那麼耐打，都是拜各種能力值與抗性技能所賜。

現在那些強化效果都沒了，失去防禦力的這具身軀的脆弱程度便顯現了出來。

考慮到我身體脆弱的程度，做出不能讓我喝酒的判斷，其實是正確的。
老實說，我也有一旦喝酒身體就會垮掉的自信！
但是……！
現在不正是應該挑戰自我的時候嗎！
要是害怕的話，豈不是永遠只能原地踏步了嗎！
現在正是跨出那一步的時候！
至於我這些話是什麼意思，那就是我久違地想要喝點酒。
人就是那種聽到別人說不行，就越會想去做的生物……雖然我是蜘蛛。
我腦海中關於酒的記憶有些模糊，只記得喝了會有幸福的感覺。
魔王這個監護人現在正好不在身旁，難道這不是享受遙遠回憶中的幸福滋味的大好機會嗎？
事情就是這樣，我就稍微喝一點看看吧！
我把酒倒進空的茶杯裡。
「妳要喝嗎？別喝太多喔。」
吸血子露出傻眼的眼神。
就算被幼女用藐視的眼神盯著看，也阻止不了我的！
幸好莉兒與菲兒似乎也不打算阻止我，絲毫不想動作。
反倒像是在排隊一樣，等著要斟酒。

很好，妳們也是我的共犯。

妳們也是壞孩子呢。喀喀喀。

我把酒也倒進莉兒與菲兒的杯子。

雖然不曉得莎兒會不會喝，但我也把酒倒進了她的杯子。

倒進杯子裡的酒像是濃紅色的葡萄酒。

聞起來的味道也相當濃厚。

啊……感覺確實光是聞到味道就好像會醉倒一樣。

既然是要送給女生的禮物，我覺得應該送更容易入口的酒才對。

那個小混混果然不明白這個道理。

算了……

總之先乾杯吧！

我們用彼此的杯子撞出聲響，一口氣把酒喝進肚子。

咕啊～！好烈！

這個酒精度數和味道是怎麼回事！這酒超烈的！

這也未免難度太高了吧？

喉嚨好像感覺怪怪的……腦袋也昏昏……昏？

嗯嗯～？

為什麼吸血子會像節拍器一樣左右搖擺？

咦？

真是奇怪？

吸血子什麼時候學會跟世界一起左右搖擺的技能了？

我都不知道居然還有那種技能。

既然能夠引發如此厲害的天地異象，難不成那是土系魔法的最上級魔法嗎！

「快住手！別再搖了！要是繼續搖下去，世界就完蛋了！」

「啊？妳在說什麼啊？」

「啊哇哇哇！快住手！」

「咦？怎麼回事？喂，妳還好吧？」

就是因為不好，我才會叫妳住手啊！

可惡！

既然如此，那我也只能出手對抗了！

「唔！雖然搞不太清楚狀況，但情況好像很不妙！莎兒！」

莎兒不知為何撲了過來。

明明處在這種天搖地動的情況下，她居然還能行動自如，實在叫人不得不佩服。

可是，別以為那種衝撞阻止得了我！

斥力解放！

「什麼……！」

我用邪眼之力把正要撲過來的莎兒擊飛出去。

同時用雙手對準從左右兩邊偷偷摸過來的莉兒與菲兒。

暗黑波動砲！

黑暗波動從我的雙掌飛射出去，將莉兒與菲兒吞沒，狠狠撞在牆上。

哈哈哈！

就憑妳們也想打贏我？還早得很呢！

我用絲把失去行動能力的三隻人偶蜘蛛捆起來，然後倒吊在天花板上。

還順便把造成這一切的吸血子也同樣吊了起來！

「等一下……！」

吸血子被頭下腳上地吊了起來，裙子完全掀開。

雖然她勉強用手把裙子壓了回去，但她的努力毫無成效，可愛的小褲褲完全露出在外。

「放我下來！放我下來！」

哈哈哈！

就算她想要發動魔法把絲凍住也沒用。

因為我只要用亂魔的邪眼擾亂魔力的動向，她就沒辦法發動魔法了。

可是，搖晃怎麼還沒停啊？

沒想到就算制服住術者也無法解除這種魔法……而且吸血子居然能夠毫無準備就發動這麼強大的魔法！

「我要懲罰妳，妳就給我吊在那邊一段時間吧！」

「為什麼！為什麼我必須受到這樣的對待！」

吸血子悲痛的叫聲聽起來真舒服。

看到她哭泣的臉龐，我總覺得有些興奮。

好想讓她多哭一點。

我把絲捻出一個頭。

「咦？等一下，妳想用那東西做什麼！不要！算我求妳！」

看招，挖鼻攻擊。

「哈……哈……哈啾！哈啾！」

這次換成幫她搔癢吧。

看招，搔癢攻擊。

「咿～～！」

啊哈哈哈！

……嗚。

嗚啊～嗚……

早安。

嗚……頭好痛。

給我水。

我用絲把水瓶拉到手邊。

啊……沒有杯子。

算了，沒差。

我直接從水瓶把水倒出來，然後在空中操縱水送進嘴裡。

呼……總算活過來了。

……咦？

嗯？嗯嗯？嗯嗯嗯？

奇怪？我剛才到底做了什麼？

用絲把水瓶拉過來，還操縱空中的水？

我想要再做一次同樣的事情，卻發現水瓶裡已經空空如也。

可是，那種事情只是小問題罷了。

我攤開手掌心。

在我注視的掌心上，可以清楚看見昨天以前就算想看也看不到的能量流動。
我操縱那些能量，建構魔術。
那魔術就類似於技能中的魔法。
建構好的魔術跟我想的一樣，形成了一顆黑暗球體。
跟網球差不多大的能量球就浮在我眼前。
我闔上手掌，把能量球捏碎。
掌中引發了小小的爆炸。
但我重新攤開的手掌卻毫髮無傷。
因為我強化了防禦力，擋住了爆炸的威力。
「回來了……」
我不經意地說出這句話。
力量回來了。
雖然不曉得契機是什麼，但我變得能夠使用力量了！
即使應該還沒辦法像全盛時期那樣自由自在地使出力量，但比起之前那種完全無法使用的狀況，還是有了大幅進步。
好耶！萬歲！
呀呼！呀呼——！

回來了！力量回來了！

感覺到了……我感覺到能量充滿了體內！

看到了……我還能用原本無法使用的邪眼，看到之前看不到的東……西……

環視周圍，我只看到屍橫遍野的光景。

吸血子以一副實在無法見人的表情被倒吊在空中，莎兒、莉兒與菲兒的情況也差不多。

咦？妳們幾個在幹嘛啊？

間章　吸血公主的深夜課程

「嗚嗚嗚嗚——！我不能接受！」

在被分配到的客房裡，我失控大喊。

不光是這樣，氣憤難平的我還抓起手邊的抱枕往床上亂砸。

「我怎麼會毫無反擊之力！而且還是輸給一個醉鬼！一個醉鬼！」

抓著抱枕亂砸一通後，外面的布破了，裡面的羽毛四處飛散。

在空中飛舞的羽毛令人煩躁，我一瞬間就讓羽毛全部凍結，碎裂四散。

經過每天晚上不眠不休的特訓，我現在能夠輕易辦到這種程度的小事了。

自從在魔之山脈敗給那個可恨的鬼之後，我都會在半夜偷偷做訓練。

因為是在半夜偷偷進行，沒辦法做太過激烈的訓練，所以我把訓練重點擺在細微的控制上。

拜此所賜，即使是在不會對室內造成損害的情況下發動有著一定威力的魔法，我發動的次數越多，駕馭能力就變得越好。

雖然並非突飛猛進，但我能確實感受到自己的成長。

可、可是……！

我竟然完全打不過那個醉鬼！

還被她五花大綁！

我不能接受！

是啊，我當然也知道白原本的實力很強，一旦取回力量，就會變得比我更強。

可是，因為喝醉失控而取回力量是怎麼回事！

不是應該在更戲劇性的情況下取回力量嗎！

她先前不就是在為了救我脫離險境這種還算戲劇性的場面下找回射出絲的能力的嗎！

我那時候還有點感動耶！

把我的感動還來！

呼……

冰的粒子反射著光芒，看起來很漂亮。

我稍微冷靜下來了。

莎兒躲在房間的角落不知所措，但那孩子總是那樣，就算不管她也無所謂。

雖然許多事情都讓人無法接受，但我還是得面對現實。

白找回力量是可喜可賀的事情。

要是她一直處於虛弱的狀態下，就連要保護自己都有問題。

畢竟我們不曉得那些妖精什麼時候會前來襲擊，擁有力量絕對不是件壞事。

只不過，一旦白找回自己的力量，我在戰力排行榜上的排名又要往後了。

事實上，我也真的毫無反擊之力。

想起那段難堪地被人倒吊起來玩弄的回憶，我就因為懊悔與羞恥而面紅耳赤。

嗚嗚嗚……！

那種絲到底是怎麼回事！

為什麼不管我怎麼做都無法破壞！

這也未免太奇怪了吧！

我的實力也已經算是相當強了。

就連這棟公爵宅邸所聘請的戰鬥課家教，也沒有一個比我更強。

他們可是身為魔族大貴族的公爵家所聘請的人。

肯定都是些魔族中的高手。

不過，老實說那些傢伙都太弱了，對我一點幫助都沒有。

就一般的標準來看，我算是相當強了喔。

然而，為什麼我完全奈何不了她！

在旅途中，我直到最後都沒能在模擬戰中勝過艾兒一次。

既然打不贏艾兒，就表示我也打不贏莎兒、莉兒與菲兒吧？

愛麗兒小姐就更不用說了。

而且我還完全打不過白。

我身邊的人是不是有點太強了？

我在旅途中就隱約有這種感覺了，其實不是我弱，是我身邊的人都太強了。

所以就算我一次都贏不了，也不是我的問題！

雖然打輸還是會覺得不甘心就是了！

仔細想想，我這輩子好像都沒打贏過別人。

上次也打輸那個鬼。

可惡！想起那件事就讓我火大！

要是下次被我遇到，我一定要好好教訓他！

沒錯。我一點都不弱。

可是我卻一直打輸，這實在太奇怪了。

因為我的基礎能力夠強，所以只要跟以往一樣強化自己的招數，應該就能順利變強才對。

從今以後也繼續在半夜鍛鍊技能吧。

……可是，只有這樣真的夠嗎？

我覺得自己已經很認真地在鍛鍊了。

可是，我依然完全不是白的對手。

如果現狀繼續維持，我無法想像自己與她打得不相上下的模樣。

我需要某種武器。
要是下次再遇上那個鬼，我有信心打贏。
畢竟上次打輸的一大敗因就是沒有武器。
我看向擺在房裡的我的專用武器。
那是一把比我現在的身高還要高的大劍。
在旅途中，愛麗兒小姐標下了出現在地下拍賣會上的逸品。
我一眼就看上那把大劍，請她把它讓給我當作個人專用的武器。
那是用神話級魔物——芬里爾的爪子打造而成的大劍。
如果有這把大劍，那個鬼的刀子就一點都不可怕了。
畢竟我在手無寸鐵的情況下也能跟他打得有來有往，而且我的實力也比當時更強了。
我沒有理由戰敗。
可是，要是我就此滿足，就無法繼續前進了。
總之，我當前的目標是戰勝艾兒。
能力值遲早會追上。
只要持續鍛鍊，現有的技能都會更上一層樓。
我能夠想像得到自己未來的模樣。
我會拿著大劍打肉搏戰，用水和冰使出遠距離攻擊，還會利用吸血鬼的特殊能力玩弄對手。

我認為，四平八穩的魔法劍士戰鬥風格搭配吸血鬼的眷屬召喚和霧化之類的特殊能力，初次遇上時應該很不好對付。
咦？我果然很強不是嗎？
然而，就算鍛鍊到那種地步，我也無法想像自己戰勝白或愛麗兒小姐的光景。
就連艾兒恐怕也只能勉強打贏。
不行……
這樣不行。
我果然需要更多武器。
雖然我覺得自己現有的招數夠多了，但我不能就此滿足。
我鑑定自己的能力值，看著技能列表思考。
有沒有什麼我還沒取得的技能，可以讓我的戰法變得更完整？
我一邊在房裡繞著圈圈走動，一邊不斷地重新審視自己的技能，以及未取得技能的列表。
幸好我還有很多技能點數。
因為在白的教育方針之下，我一直盡量把技能點數留著，都是透過訓練自然取得技能。
技能點數多到只要我想就能一口氣取得大量技能的地步。
可是，就算取得一大堆等級1的技能也沒有意義。
雖然就增加招數這點來說可能很有效，但要是把時間平均耗在提升那些技能的等級上，也只會把所有技能都練得不上不下。

就算得到那麼多技能，我可能也沒辦法徹底運用。

事實上，愛麗兒小姐也說過，她有很多技能是幾乎不會用到的。

既然如此，那我還是專心鍛鍊一兩個適合我目前戰法的技能比較好。

以大劍為主的肉搏戰相關技能，我全都有了。

至於魔法的部分，我重點鍛鍊了適合自身特性的水系與冰系魔法，還有暗黑系魔法作為輔助，不需要鍛鍊新的魔法。

這麼一來，我最好是選擇能夠強化吸血鬼特殊技能的技能。

嗯嗯……

可是，我一時之間實在想不到合適的技能。

吸血鬼的特殊能力大致分成三種。

那就是吸血術、操血術與眷屬術。

吸血術一如其名，就是藉由吸對方的血來取得各式各樣的好處。

例如能把吸了血的對象的能力值與技能暫時變成自己的東西。

將吸了血的對象變成吸血鬼，收為自己眷屬的能力，也算是這種吸血術的一部分。

適合搭配這種吸血術的技能，應該非牙系技能莫屬吧。

毒牙與麻痺牙都是牙系技能。

可是，如果是這樣的話，還不如取得性能更好的毒攻擊與麻痺攻擊。

而且，在戰鬥中咬人的機會應該不多吧。

雖然上次跟鬼戰鬥時，我咬了他一口，但那是因為沒有武器，我別無選擇。

操血術是操縱自己的血的能力。

例如提升治癒能力，或是跟水系魔法一樣射出血彈或血槍，用途非常多。

在最近訓練的時候，我發現只要搭配操血術，就能提升水系魔法的靈活性與自由度。

把我的血混進水系魔法放出的水，就能夠自由操控那些水。

我覺得自己應該有把操血術運用得比原來更好。

眷屬術就是召喚出不同於透過吸血收服的吸血鬼眷屬的使魔的能力。

召喚出來的眷屬只能存在一段時間，但可以自由操控牠。

一如吸血鬼給人的印象，能夠召喚出來的眷屬是蝙蝠或狼。

此外，我還能變身成眷屬的模樣。

適合搭配眷屬術的技能，應該是聯手合作或統率吧。

應該可以提升眷屬的能力。

只不過，問題在於眷屬太弱了。

每隻眷屬的平均能力值只有一千出頭。

雖然只要好好訓練應該就會變得更強，但我追求的目標可是破萬。

就算增加了眷屬十分之一左右的戰力，也跟沒有增加差不多。

事實上，面對艾兒時，我召喚出來的眷屬馬上就被幹掉了。

在對付實力強過我的對手時，眷屬頂多只能阻擋一下對方。

想到這裡，我就覺得召喚眷屬的ＣＰ值非常差。

雖然對付比自己弱的對手時，靠著以量取勝的暴力圍攻敵人或許很方便，但要是對比自己強的對手不管用，就不太有吸引力了。

不過，取得聯手合作與統率這兩個技能對我有好無壞，留著當作候補方案吧。

既然吸血術與眷屬術都有些微妙，難道只能強化操血術了嗎？

可是，操血術還有什麼可以強化的地方嗎？

畢竟可以一併運用的水系魔法的強化技能我都有了。

嗯……血……血……

說到血，我最先聯想到的是梅拉佐菲的血。

還有咬住梅拉佐菲的脖子，吸食他的鮮血的感觸。

臉頰突然開始發燙。

呼……現在可不是做那種妄想的時候。

難道就沒有其他跟血有關的事物了嗎？

我依依不捨地把性感的梅拉佐菲從腦海中趕出去，試著找出跟血有關的某種事物。

然後，腦海中浮現出跟剛才的梅拉佐菲完全相反，令人感到噁心的事物。
啊啊……我想起討厭的事情了。
那是發生在我前世的小時候的事。
在電視上看到的舊電影中，有一部電影留給了我跟血有關的印象。
那部電影是有名的系列作，內容是宇宙怪物襲擊人類。
有種噁心的怪物身上都是黏液，嘴裡還有另一個嘴巴。
我前世的父親很喜歡那部作品，才會從影音出租店借回家看。
當時還很年幼的我看了那部電影，結果受到心靈創傷。
因為怪物很噁心，而且裡面的人物都很輕易地被那種怪物虐殺。
那不是應該讓小孩子看的電影。
雖然故事的細節都忘光了，但就只有那種怪物的噁心模樣，就算我想忘也忘不掉。
那種怪物有一個特徵。
而且跟血有關。
就是那種怪物的血是強酸。
看到故事裡的人努力擊敗了怪物，卻因為怪物噴出的血受到重傷時，我真的快要哭出來了。
把血液變成酸性。
雖然變得跟那種怪物一樣讓我覺得很討厭，但只要一想到能夠提升攻擊力，我就覺得這個主

意或許不錯。

不對，就算不限於血液也行，反正我的攻擊主力是水系魔法，只要把水變成酸性不就得了嗎？

我看向未取得技能的列表，在上面找到酸攻擊這個技能。

取得技能所需要的技能點數是一百點，十分便宜。

我毫不猶豫地選擇取得技能。

還順便同樣用一百點取得酸強化這個技能。

我試著用水系魔法放出水球，把酸加進去，然後把剛才破掉的坐墊殘骸丟到裡面。

坐墊殘骸慢慢溶解了。

技能等級１大概就只有這種威力吧。

不過，要跟水系魔法搭配似乎不成問題。

我不需要改變原本的戰鬥風格，就成功提升攻擊力了。

取得這個技能還挺划算的。

嗯……

攻擊力的部分就這樣了，但防禦力的部分又該怎麼提升？

話雖如此，但我的防禦力本來就算是相當高了。

多虧了不死體這個與生俱來的技能，我每天都有一次就算ＨＰ變成零也不會死的機會。

除了這個效果之外，不死體還有著能夠提升抗性的附屬效果，而且我還取得了各種抗性技能。

雖然我還沒練到讓傷害無效的地步，但如果要鍛鍊抗性技能，只能花時間一點一點慢慢練，所以這個問題沒辦法一朝一夕就解決。

真懷念當初那個覺得自己折磨自己的人都是瘋子的自己。

想要進一步強化防禦能力，不是短時間內就能辦到的事。

此外，能力增益系技能我大致上都有了，如果要進一步加強這方面的能力，就只能往能力減益系技能的方面去提升了。

能力減益系技能可以削弱對手的能力。

我已經擁有詛咒的魔眼與麻痺的魔眼這兩種能力減益技能了。

詛咒的魔眼擁有削弱出現在視野中的對象的能力值，並且讓ＨＰ、ＭＰ和ＳＰ減少的效果。

麻痺的魔眼一如其名，可以麻痺對手。

據說魔眼系技能是只有部分種族，以及擁有這方面才能的人才能學會的罕見技能。

因為我跟梅拉佐菲是吸血鬼，所以能夠取得這種技能。

雖然白以前就取得了效果更強大的強化版邪眼，但據說如果沒有取得忍耐這個七美德系技能，邪眼系技能就不會解鎖。

雖說我的魔眼是弱化版技能，但限制了取得資格的魔眼依然是十分強大的技能。

只不過，因為一隻眼睛最多只能發動一種魔眼，在已經取得兩種邪眼的情況下，繼續增加魔眼的種類也無濟於事。

如果純粹要強化戰力的話，也可以繼續投注技能點數，提升詛咒的魔眼與麻痺的魔眼的技能等級。

不光是取得新技能，技能點數還能夠分配給已經取得的技能，藉以提升技能等級。

只不過，考慮到技能等級可以靠著訓練提升，就讓人覺得這麼做有點浪費。

更何況，如果要提升技能等級的話，我更想提升其他技能的等級。

我斜眼看向那個技能。

妒心ＬＶ９──

這個七大罪系技能──嫉妒的低階技能，在不知不覺中來到了這個等級。

愛麗兒小姐與白一直叫我別提升這個技能的等級。

因為七大罪系技能雖然都很強大，卻會對精神造成不好的影響。

雖然有很大的優點，但同樣也有很大的缺點。

只要見過那個變得只知道破壞的憤怒之鬼，就能深切體會到這點。

萬一妒心進化成嫉妒，就算方向有所不同，但我也可能會跟那個鬼一樣失控。

這讓我感到害怕。

可是，同時也有另一種想法。

反正都已經升到等級9了，就算放著不管，也遲早會進化成嫉妒。

既然事情遲早都會發生，那早點發生不是比較好嗎？

畢竟七大罪系技能都很強大，如果無論如何都遲早會取得，那現在取得不也行嗎？

一股衝動在誘惑著我。

如果是以前的話，我會在心中吶喊「不，絕對不行！」藉以克制住自己。

可是，那段任憑白玩弄的記憶，讓我失去了自制力。

『熟練度達到一定程度。技能「妒心ＬＶ9」升級爲「妒心ＬＶ10」。』

『滿足條件。技能「妒心ＬＶ10」進化成技能「嫉妒」。』

『熟練度達到一定程度。取得技能「禁忌ＬＶ1」。』

『熟練度達到一定程度。技能「禁忌ＬＶ1」升級爲「禁忌ＬＶ2」。』

『滿足條件。取得稱號「嫉妒的支配者」。』

『基於稱號「嫉妒的支配者」效果，取得技能「天鱗ＬＶ10」、「禍根」。』

哎呀？真是不可思議。

我的技能點數在不知不覺中減少，把妒心變成嫉妒了。

居然會有這種不可思議的事情。

……我搞砸了。

不是這樣的！我只是……只是一時衝動！

要是被白和愛麗兒小姐發現我不聽話，天曉得她們會怎麼對付我。

沒……沒事的。

目前還只有我知道這件事。

就在這時，我想起這個房間裡還有另一個人。

我猛然轉頭一看，瑟縮在房間角落的莎兒，正一臉不可思議地看著我。

沒……沒事的。

莎兒應該不知道我取得了技能的事情。

沒事的。放心吧。

我目前還感受不到愛麗兒小姐提到過的精神汙染。

雖然精神汙染可能會在不知不覺中慢慢進行，但只要我別胡亂發動嫉妒這個技能，應該就不會立刻出問題了吧。

嫉妒這個技能的效果，是封印對手的技能。

而且無法靠著抗性抵抗。

換句話說，只要使用嫉妒這個技能，就能讓對手的技能變得無法使用。

雖然效果本身跟妒心一樣，但還多了無法抵抗這個特性，能夠封印的技能數量限制好像也消失了。

這招可以當成是對付那個鬼的王牌。

畢竟除了憤怒這個技能之外，那個鬼其實也沒有多厲害，只要把憤怒封印起來，我就贏定了。

而且取得「嫉妒的支配者」這個稱號，還讓我得到了兩個技能，雖然幅度很小，但能力值也增加了。

在新增的技能之中，禍根好像沒辦法發動，但另一個技能——天鱗非常厲害！

一旦發動技能，皮膚上就會出現類似鱗片的東西。

我摸了一下，那些鱗片超級硬。

而且不是只單純提升了防禦力，甚至還有妨礙魔法的效果。

物理防禦力與魔法防禦力都一口氣大幅提升了。

用酸攻擊提升攻擊力。

用天鱗提升防禦力。

用嫉妒提升能力減益能力。

各方面的戰力都提升了。

呼呼……很好。非常好！

這樣我就贏定了！

我腦海中的理想型態的實力上限大幅提升了！

只要繼續這樣毫不懈怠地鍛鍊下去，在不遠的將來，我說不定就有機會打贏艾兒了。

呼呼……呼呼呼！

給我等著瞧吧！

總之，先從提升酸攻擊的技能等級開始吧。

此外，我得盡可能地隱瞞自己取得了嫉妒的事情。

畢竟我還打不過愛麗兒小姐與白。

我在夜深人靜時獨自竊笑，莎兒默默看著這樣的我。

5 抵達艾爾羅大迷宮

在幼女倒吊事件之後，吸血子的心情就變得很差。
這也是理所當然的事，仔細打聽過情況後，我才知道那場慘劇似乎是我喝醉後造成的。
聽說她們想要壓制住因為喝醉而開始搗亂的我，卻反過來被我捆起來。
也難怪她會生氣。
可是，她為什麼要一直找機會跑來我房間襲擊我呢？
現在也是一樣，在我忙著確認能力的同時，她也正在旁邊跟莎兒等人開著茶會。
而且因為吸血子以外的傢伙都不會說話，這些人開茶會自然就只能一邊喝茶一邊觀察某種東西了。
如果是平常的話，她們的視線會定在忍受不住茶會的悠閒氣氛而開始玩耍的菲兒，或是突然莫名奇妙做出怪事的莉兒身上。
當這些事情都沒有發生時，就會真的只是在度過悠閒的時光，或是吸血子一個人說起話來。
只不過，最近還多了「觀察我」這個選項。
更正確的說法是，她們最近幾乎都在觀察我。

四雙眼睛正靜靜地盯著我看。

讓我覺得超級不自在。

可是，因為在幼女倒吊事件中讓她們有了不好的回憶，我無法無視心中的罪惡感。

逼不得已，我只能盡量不去在意那些視線，繼續確認能力。

確認我因為喝醉酒而取回的力量。

……雖然這種說法聽起來會讓人覺得很莫名其妙，但要是在意的話就輸了。

雖說我取回力量了，但這並不代表我能直接使用以前的能力。

畢竟我還是一樣沒有技能與能力值。

我現在所使用的能力，頂多只是模仿了那些後的結果。

如果問我「技能與能力值到底是什麼？」我會回答「那是名為系統的超大型魔術的一部分」。

這個世界的物理法則所無法解釋的現象，幾乎都是以建立在不同於物理的其他法則上的能量為基礎所造成的。

而魔術就是用來讓人操縱那種能量的工具。

不管是技能還是能力值，大致上都能算是一種魔術。

為了讓人們能夠輕易使用魔術，由名為系統的超大型魔術從旁進行輔助的產物，就是能力值與技能。

因為完成神化，我成了不受系統支援的對象，所以失去了技能與能力值的輔助。

所以才會變得無法使用力量。

因為如果要使用魔術，就必須先感覺到作為其根源的能量，然後加以操控，但我失去了至今一直負責做這些事的魔力感知技能與魔力操作技能。

如果不使用能量，魔術就不會發動，但我甚至連那種能量都感覺不到，也不知道操縱的方法，處於連第一步都跨不出去的狀態。

可是，在還擁有技能的時候，雖說是因為有技能的輔助，但我還是辦得到那些事情。

我一直認為只要有某種契機，我應該就能抓到那種感覺。

只是沒想到那個契機居然會是喝醉酒。

如果喝酒就能找回力量，那我這兩年經歷的苦難到底算什麼……

這真是太沒天理了。

哼，算了。

既然力量已經回來，那就不需要在意過去的事情了。

回到原本的話題，所謂的技能與能力值，就是為了讓這個世界的人們能輕易使用魔術的輔助工具。

換句話說，只要能夠使用魔術，就算失去名為技能的輔助工具，應該也能辦到跟以前一樣的事情。

雖然理論上是如此，但在現實中並沒有那麼容易。

就跟騎腳踏車時有沒有輔助輪騎起來會有差一樣，無論如何都會遇到難以克服的問題。

畢竟我得在失去技能這個輔助工具的情況下，靠自己的力量處理一切的問題。

不知為何除了射出絲時幾乎不用多想，使用其他能力時都必須用自己的意識去駕馭術式。

沒辦法像使用技能時那樣，突然就明白用法，一下子就能夠加以使用。

我必須搞清楚把各種能力當成技能使用時，系統到底做了什麼樣的輔助，然後靠自己的力量駕馭那些部分。

感覺就像是自排車與手排車的差別吧。

這個其實還挺困難的。

如果是常用的技能，我對其術式就記得還算清楚。

不過，與其說是記得細節，倒不如說是記得那種感覺。

我憑著不清不楚的感覺試著發動能力，結果還真的成功了。

這就是所謂的「身體已經記住那種感覺了」吧。

與其說是身體，說是靈魂應該更為貼切吧？

總之，辦得到的部分倒還好。

問題在於辦不到的部分。

因為那些平常很少用到的技能，我也記得不是很清楚，所以很難發動。

雖然為了提升技能等級，我隨時都在發動各種技能，但其中也有許多不是這樣的技能。
而這些沒有隨時發動的技能，目前絕大多數都無法使用。
因為不是完全抓不到感覺，所以只要反覆嘗試，遲早會變得能夠使用。
只不過，除此之外也還有一些無法使用的技能。
首先，最具代表性的就是魔法。
雖然黑暗魔法與空間魔法都能毫無問題地使用，但要使用其他魔法就有些困難了。
魔術與魔法感覺起來差不多，為什麼會無法使用呢？
要是有人這麼認為，我只能說魔術與魔法是完全不一樣的東西。
因為魔法是名為系統的超大型魔術的一部分。
魔法是D那傢伙加入類似遊戲的要素，藉以呈現出類似現象的東西。
換言之，所謂的魔法其實就是一種表演。
一種也會對現實造成影響的表演。
雖然確實有放出火焰與水，但用魔法放出的火焰與水，跟一般作為物理現象的火焰與水有些不同。
因為上面還附加了屬性與抗性這些多餘的東西。
正確來說，那些多餘的東西占了大半，最重要的放出火焰與水的術式本身反倒變得像是附屬品一樣……

技能的屬性，以及與之對抗的抗性。
D把這些要素加進類似遊戲的系統裡，創造出屬性生剋的關係。
只為了創造出這些東西，就讓術式變得異常複雜。
然後，因為我只知道技能本身的術式，所以不曉得哪些是與系統無關，純粹發動魔術所需要的部分。
一旦我想照著還有技能時的方法發動術式，就無論如何都會跟系統扯上關係，導致與系統切斷關係的我無法發動術式。
由於魔法附加了屬性這個多餘的東西，才會害我幾乎都無法使用。
即使不是魔法，凡是有附加屬性的能力，我都無法使用。
其中最具代表性的就是咒怨的邪眼。
因為那是一種有著詛咒屬性，而且還能對ＨＰ或ＭＰ這些跟系統直接綁在一起的東西發動攻擊的技能。
如果想要重現咒怨的邪眼，從頭打造全新的術式或許還比較好。
雖然我沒有那種技術就是了！
相反的，有兩種明明是屬性，我卻能夠照常使用的東西。
那就是暗黑屬性與腐蝕屬性。
給我等一下……

暗黑屬性就算了。

雖然我想不通自己為何能夠正常使用那種完全就是屬性的東西，但反正可以使用是件好事，這個問題就先不管了。

可是腐蝕屬性不行吧！

即使在我多如繁星的招術之中，腐蝕屬性也算得上是致勝王牌。

如果能夠使用，那當然是件好事。

前提是我能熟練運用。

因為跟腐蝕屬性有關的招式全都是自爆技啊！

那是一種威力實在太過強大，連自己都會受到反作用力傷害的可怕屬性。

就連處在名為技能的系統的控制之下都已經這麼可怕了。

要是在失去這種枷鎖的狀況下使用，到底會發生什麼事情？

想到後果我就害怕，沒辦法輕易嘗試。

因為大鐮刀上還留有腐蝕屬性，我很好奇能不能使用，沒想太多就試了一下，但那是個錯誤。

腐蝕攻擊差點就順利發動，於是我趕緊停手。

因為我硬是停止發動，所以稍微受到了點反作用力傷害，但比起完全發動時的反作用力傷害，傷害應該小了許多。

嗯。畢竟我當時腦海中已經響起警鐘，以為自己死定了。

要是就這樣發動的話，絕對不會發生什麼好事。

如果只是發生爆炸，被奪走一條手臂的話倒是還好，但是在最糟糕的情況下，我甚至有可能會沒命。

畢竟那個壞心眼邪神也說過，在還擁有技能的時候，如果我沒有抗性的話早就死了。

在失去名為技能的枷鎖後，天曉得我會受到多大的反噬傷害。

對於腐蝕屬性這種東西，我以後必須謹慎使用。就這麼辦吧。

需要謹慎使用的東西並非只有腐蝕屬性。

因為我必須在失去名為技能的輔助工具的情況下，完全掌握那些以往可以靠著輔助工具輕易駕馭的東西。

不光是腐蝕屬性，所有能力都得謹慎運用，要是有一個疏忽，天曉得什麼時候會發生爆炸。

因此，我先從比較簡單……或者說是就算爆炸也比較不嚴重的能力開始練習。

我正在練習的是透視。

因為我的眼睛裡有許多瞳孔，為了避免被人看到，在街上都得閉著眼睛行動。

而閉上眼睛當然就看不到東西，所以超級不方便。

只要學會透視，我就能夠透過眼皮看到外面的景色，解決這個惱人的問題。

練習這種能力，就算爆炸也不會造成什麼損害，非常適合在室內練習。

雖然在旁人眼中，我只是閉上眼睛靜靜坐著，但幼女們卻不知為何很感興趣，一直觀察著這樣的我。

就連缺乏耐性的菲兒都一直盯著我看，讓我覺得很不自在。

我受不了那些刺在身上的目光，轉身背對那群幼女。

結果菲兒踩著無聲的步伐繞到我前面，在我面前揮手。

我看得到啦。

就算閉上眼睛，也能用透視能力看到。

可是，要是我這時有所反應，她肯定會得意忘形，所以我不理她。

菲兒揮手的速度逐漸加快，而且不只是手，就連身體也動了起來，最後在我面前跳起莫名其妙的激烈舞蹈。

可惡！不管我有沒有理她，她都會得意忘形嘛！

因為覺得她很煩，我睜開眼睛發動靜止的邪眼。

菲兒保持著奇怪的姿勢被定住不動。

嗯……雖然我沒料到她會擺出那種姿勢，但邪眼成功發動了。

靜止的邪眼是由麻痺的邪眼進化而成的技能。

雖然麻痺也是一種屬性，我應該無法使用才對，但除了麻痺之外，靜止的邪眼還有著類似時間停止的效果。

那種時間停止效果似乎不是屬性，所以我才能夠像這樣正常發動。

看來靜止的邪眼並不具備麻痺屬性，而是替換成這種時間停止效果了。

若非如此，就無法解釋我為何能夠發動了。

順帶一提，就算閉著眼睛也還是能夠發動。

只要跟透視一起使用，就算要閉著眼睛發動也沒問題，但效果會減弱，更重要的是會變得很難控制。

雖然不是不能同時發動，但我現在正在練習，不想太過勉強自己。

不過，我希望自己遲早能夠變得跟以前一樣，把透視和千里眼跟邪眼一併使用，使出超遠距離邪眼攻擊。

為此我得先搞清楚自己的能力範圍，然後好好地練習。

……咦？菲兒要定住不動到什麼時候啊？

奇怪？難不成要是我不動手解除，就會一直保持這樣？

邪眼的效果該怎麼解除啊？

之後，我費了好一番功夫，才總算成功解除菲兒的靜止狀態。

嗯。搞清楚自己的能力果然超級重要。

這次的事件讓我再次明白到這一點。

順利確認了自己的能力的我，來到了艾爾羅大迷宮。

為何我會在這？因為我轉移過來了。

雖然我一點都不打算到這裡來，但當我為了測試轉移能力，思考該去哪裡時，最先想到的地方就是這裡。

腦海中才剛浮現這樣的想法，下一瞬間我就來到這裡了。

轉移的過程自然到連我自己都嚇一跳的地步。

就跟射出絲的時候一樣，就算不去思考建構術式之類的問題，我也能夠成功發動轉移。

轉移明明應該是非常困難的事情，這到底是怎麼回事？

雖然我確實經常使用轉移。

畢竟那是我的救命繩，我當然會常常使用。

可是，不管怎麼說，我都不認為轉移是這麼輕易就能使用的能力。

空間魔法是相當困難的技能。

使用者必須先指定空間，然後以那塊空間為起點發動轉移才行。

這個指定的空間離目前的所在地越遠，指定空間需要耗費的時間就越長。

而且就連轉移這件事本身，都需要花上相當長的準備時間。

轉移的距離越遠，這段準備時間就越長。

換句話說，在發動轉移之前，需要花上非常長的準備時間。

就連擁有魔導的極致這個外掛技能的我，視距離而定，發動轉移都需要花上幾秒甚至是幾分鐘的準備時間。

可是，我剛才只是想到要去的地方，轉移就立刻發動了。

這到底是怎麼回事？

發動速度居然比有技能這個輔助工具時還要快，我實在搞不懂其中的原因。

嗯？

難不成技能反倒是一種枷鎖嗎？

所謂的技能，就是用來發動魔術的輔助工具。

為了讓施術者能夠安全且輕易地發動術式，才會有這種輔助工具。

而安全且輕易這點其實大有問題。也就是說，危險的部分都是由系統代替施術者本人進行架構。

要是系統架構那個部分的速度，比施術者親自動手還要慢的話呢？

沒有系統的輔助，發動速度說不定反而會更快。

可是，真的會有那種事情嗎？

因為我打從出生就一直在使用絲，對使用方法非常熟悉，所以這部分還不是無法理解。

不過，像轉移這種高難度的術式，在沒有系統輔助的狀態下，發動速度有可能比在有系統輔助的狀態下還要快嗎？

嗯……

雖然我是天才是明確的事實，但還是無法解釋這件事。

算了，對於已經能夠辦到的事，就算繼續想下去也無濟於事。

把心力灌注在還不能辦到的事情上，才是更有效率的做法。

既然自己的能力比想像中還要強，那我就當作自己賺到了吧。

話說回來……

我來到的地方是艾爾羅大迷宮的上層。

就是那個臨接中層的大廣場。

畢竟我在這裡住了很長一段時間，大概對這個地方比較有感情吧。

這裡是我最先想到的轉移地點。

我以前的家所在的地方，現在被一群白色蜘蛛占據了。

被蜘蛛包圍又怎樣？

雖然心中有種想要尖叫的衝動，但看來這些傢伙並不打算襲擊我。

不僅如此，牠們看到我還很高興。

牠們上下移動著身體，像是在跳舞一樣用身體表現內心的喜悅。

嗯。

雖然在轉移的下一瞬間就被無數蜘蛛包圍，有點刺激到我的心靈創傷，讓我稍微慌了手腳，

但既然牠們沒有襲擊我，那就無所謂了。

被一大群蜘蛛包圍，會讓我想起自己轉生到這個世界後立刻遇上的那場手足殘殺劇，感覺非常糟糕。

那是我在這個世界的第一個心靈創傷。

順帶一提，第二個心靈創傷就是當時見到的老媽。

第三個是我家失火，第四個是亞拉巴先生。

哎呀？像這樣回顧過去，我發現自己的心靈創傷好像很多耶。

哼……不過，那些心靈創傷幾乎都被我克服了。

區區心靈創傷，根本不足為懼！

什麼？我的腳在發抖？

我……我這是興奮得發抖！

絕對不是心靈創傷受到刺激，被嚇到雙腿發抖！

我說不是就不是！

……只是稍微抖一下又沒關係！

真要說的話，我被蜘蛛包圍的經驗，可不是只有剛轉生到這個世界的那一次啊！

我還曾經一走出艾爾羅大迷宮就立刻被老媽追殺，拚了老命轉移逃跑，卻被一大群蜘蛛圍起來蓋布袋！

會變成心靈創傷也不能怪我吧！

當時我真的以為自己會死耶！

可是，我現在並不需要畏懼。

仔細想想，這些包圍著我的白色蜘蛛就像是我的眷屬一樣。

正確來說，應該是我的平行意識產下的眷屬。

這些傢伙是在某個時期與我分離的平行意識擅自使用產卵這個技能增加了數量的眷屬。

畢竟平行意識都在神化時被我吸收了，所以牠們應該可以算是我的眷屬吧。

話說回來，既然牠們是我的平行意識生下的孩子，就表示我在血緣上算是這些傢伙的母親嗎？

親愛的魔王小姐，這些都是妳的曾孫喔。

在解決掉所有平行意識後，我把牠們帶到艾爾羅大迷宮，然後就這樣丟著不管了。

嗯。畢竟這些傢伙只是聽從平行意識的命令，殺掉牠們會讓我於心不忍。

話雖如此，但要是問我是否願意照顧牠們，我的答案是不願意。

於是，我就把牠們集體轉移到艾爾羅大迷宮丟著不管了。

雖然不曉得之後發生了什麼事，但看來牠們過得還算不錯。

真是太好了。

那……媽媽要回去了，你們就好好照顧自己吧。

棄養？反正我從沒認過這些孩子，所以這與我無關。

就在這時，也許是感覺到我想要轉移離開，白色蜘蛛們全都停止不動了。

剛才那種喜悅就像是騙人的一樣，牠們身上散發出有如被拋棄的小狗般的氣息。

事實上這種形容也一點都沒錯。雖然牠們不是狗，是蜘蛛。

總覺得牠們的八顆眼睛都快要哭出來了。

快點住手！

不要用那種眼神看我！

這樣會害得我很難回家啊！

結果我就這樣在那裡多待了好幾天……

都是那些淚汪汪的眼睛惹的禍！

不過，在那裡停留時，我做了各種測試與實驗，所以也算是一件好事。

艾爾羅大迷宮有著相當不錯的環境，就算我亂放危險的魔法，也不會造成任何人的困擾。

拜此所賜，我完成了許多在公爵宅邸裡無法做的測試。

這段時間可說是成果豐碩。

至於那些白色蜘蛛把魔物屍體送給我的行為，其實也算是惹人憐愛。

雖然處於人類型態的我吃不慣魔物就是了。

嗯……雖然我努力吃了牠們送來的魔物，但我的胃容量本來就很小，沒辦法吃下一整隻魔物。

因為不想浪費食物，所以我會很努力地吃……

至於我假裝吃掉魔物，然後偷偷藏到異空間的事情，則是不能說的祕密。

因為那些傢伙拚了命地送上我吃不完的食物。

也許是因為主人不在的時間太長了，能夠誠心誠意侍奉主人，似乎讓牠們非常開心。

到底為什麼會把牠們培育成這樣呢？真想不通。

結果，我最後還是硬是甩開用眼神說著「求求妳別走」的白色蜘蛛們，用轉移回到公爵宅邸。

因為我的良心有點受到譴責，以後還是多找些時間回去看看牠們吧。

「妳跑去哪裡了？」

嗯。這裡有個可怕的幼女，對我說出跟譴責出軌的丈夫的太太沒兩樣的台詞。

有著這種可怕幼女的家，誰有辦法一直待下去啊！

我還有其他會溫暖迎接我的家人！

「不准擅自亂跑。聽到沒有？」

……遵命。

我還是贏不過生氣的吸血子的魄力。

下次要外宿，就先取得吸血子的同意吧。

裏鬼3　冰龍妮雅

真傷腦筋。
我一邊閃躲進逼而來的刀刃，一邊領悟到自身的失敗。
我搞砸了。
而且還不只一件事。
我搞砸了好幾件事。
第一件事是放過眼前的小鬼。
我不該聽從主人的命令，不直接對他下手。
原本以為只要吹起暴風雪，他就會自己死掉，但這小子頑強地活了下來。
要是早知道事情會變成這樣，就算違抗主人的命令，我也該確實殺死他。
第二件事是把阻擋這小子的任務交給眷屬們去做。
因為這個緣故，我不但讓眷屬們白白送死，還讓這小子得以提升等級。
如果打從一開始就由我去阻擋他，事情應該就不會變成這樣了。
……沒想到我沒有這麼做的理由居然是因為宿醉，真是對不起那些為此送命的眷屬。

這一切都是愛麗兒大人給的酒太好喝惹的禍！
雖然剛才在主人面前把話說得很好聽，但其實我現在胃很痛。
一方面是因為胃脹氣，一方面是因為壓力大。
第三件事是為了挽回做錯的第二件事，像這樣跑來跟這小子單挑。
啊啊……真是討厭。
我不喜歡戰鬥。
雖然在主人面前誇下海口，但其實我根本不想戰鬥。
為什麼我非得遇上這種事情不可？
真懷念那段只需要在魔之山脈的山頂混吃等死的時光。
雖然這有一半是我自己種下的因，但另一半是這小子做了一堆多餘的事情害的。
我明明已經狠狠教訓了這小子一頓，他卻依然跟個不聽話的孩子一樣到處惹事生非。
第四件事是我剛才的行動。
我避開這小子的攻擊，但那只是虛晃一招。
另一隻手揮出的全力斬擊砍中了我的身體。
臭小子的劍跟我的鱗片互相碰撞的尖銳聲音響徹周圍。
『痛死人啦！』
因為我有痛覺無效這個技能，所以其實一點都不痛，但感覺還是要喊一下痛。

我揮動尾巴，把臭小子逼退。

討厭的是，我的甩尾攻擊被輕易避開了。

啊啊……可惡！

這個臭小子……

真是討厭死了。

距離他上次跟我對戰明明才沒過多久，臭小子就已經強到簡直變了一個人的地步。

之前不管他怎麼攻擊，也無法在我的鱗片上留下任何傷痕。

可是，現在又是如何？

我看向剛才被砍到的地方，鱗片已經裂開，鮮血流了出來。

我的天鱗的防禦居然被突破了。

在所有龍之中，我的防禦力僅次於地龍加基亞。

不，加基亞好像已經死了，所以我現在是防禦力最強的龍。

而他居然能讓我受傷。

我最後一次受傷是什麼時候的事了？

時間久到讓我想不起來的地步。

就算平常都在混日子，但我可是從上面往下算會比較快算到我的強者喔。

光是聽到我的名字，絕大多數的對手都會跪在我面前求饒喔。

雖然我一直未曾踏出魔之山脈，幾乎不會遇到意圖危害我的傢伙就是了。

換句話說，我想說的就是，拜託饒了我吧。

我受傷了耶。

要是傷口增加，可是會死掉的耶。

我已經超過一百年沒見過自己的血了耶。

不要……我不要……

雖然在主人面前說了很多耍帥的話，但我不想死。

在萬不得已的時候，我姑且還是有為主人犧牲生命的覺悟。

可是……

在這種無聊的騷動中死去，實在非我所願。

雖然我也不是不同情這小子的遭遇，但他的復仇行動早已結束，現在還在四處作亂，也只不過是在遷怒別人罷了。

即使因為憤怒而失去理智，也不能以此作為藉口。

應該說，我不認同這種藉口。

我都已經受傷了，怎麼可能還讓他找藉口。

我也差不多要動怒了。

雖然對不起主人，但就算我不小心失手殺了這小子，也怨不得我。

『小子，就算汝死了也別恨妾身喔。要恨的話，就恨自己的命運吧。』

極冷的寒風以我為中心吹了起來。

那是只要碰到就會立刻被凍結的究極冰魔法。

周圍的民宅迅速凍結，被逐漸增強的風吹垮、碎裂。

冰與風。

而且我還在其中加入了咒怨。

就算他擋得住冰雪，也會在失去體溫的情況下被咒怨侵蝕，體力逐漸減少。

此外，還有懶散這個技能會加速其過程。

與七大罪系技能之一——怠惰有關的懶散這個技能，有著能夠提升對手的ＨＰ、ＭＰ和ＳＰ消耗量的效果。

小子，別看我這樣，我可是眾龍公認最卑鄙的龍。

我喜歡依靠防禦力打持久戰，同時在咒冰的領域中慢慢磨死對手。

我會姑且遵守主人不殺你的指示，不會用大招一口氣解決掉你。

不過，我也沒必要那麼做。

只要把這小子折磨到半死不活就行了。

下一瞬間，臭小子的力量突然暴增了。

啊？

咦？

等一下……！

我要暫停！

那股力量是怎麼回事！

沒人告訴我這件事啊！

「吼喔喔喔喔——！」

臭小子大聲咆哮，向我衝了過來。

好快！

躲不掉！

雖然我急著想要飛起來，卻還是慢了一步，被臭小子一劍砍在身上。

感覺不只是鱗片，就連底下的皮膚與肉都被刀刃砍到了。

這下糟了！

「嗄啊！」

我從嘴巴發出叫聲，全力噴出吐息。

村子裡在攻擊範圍內的建築物瞬間就被我的吐息凍結擊碎，消失得無影無蹤。

然而，臭小子並不在攻擊範圍之內，我只能勉強在視野邊緣捕捉到正準備繞到自己身後的人影。

雖然我的速度並不慢，但還是完全輸給了他。

在我的咒冰領域中，居然還能動得這麼快！

他到底要了什麼伎倆！

可惡！

再這樣下去就糟了。

被砍中的地方傷得絕對不輕。

總之，為了重整旗鼓，我得先遠離那個臭小子才行。

我展開翅膀，選擇暫時逃到空中。

正要起飛的瞬間，刺進翅膀中的刀刃阻礙了我的行動。

咕！半邊翅膀被砍了一道長長的傷口！

翅膀與其他部位不同，鱗片的防禦較為薄弱。

我的防禦力雖強，但也不是毫無弱點。

雖然也不是翅膀受傷就不能飛，但機動力無論如何都會降低。

要是在這時候被追擊就有危險了。

我只能放棄逃向天空，下定決心在地面上迎戰這個臭小子。

真是的！我竟然會遇到這種事，這到底是怎麼回事！

我最近真是太倒楣了！

我使勁拍動完好無缺的半邊翅膀，捲起一陣狂風。

雖然我使出全力，想要把臭小子吹跑，但他卻衝破那陣風，往我的脖子砍了過來。

『別得意忘形！』

我一口咬向撲過來的臭小子。

我的牙齒與臭小子的劍在空中交錯。

血腥味在嘴裡散開，但這只是因為嘴唇被臭小子的劍稍微砍到，不是什麼嚴重的傷。

臭小子用雙手的劍擋住了我的撕咬。

我的吐息襲向停住不動的臭小子。

這是零距離攻擊。

他絕對來不及閃躲！

一旦被我的吐息直接擊中，這個臭小子應該也會沒命吧。

可是，我管不了那麼多了。

雖然對不起主人，但也只能讓他想辦法說服D那個可怕的傢伙了。

雖然我已經在思考分出勝負後的事情，但看來我好像太心急了。

臭小子雙手的劍分別噴出火焰與雷電，跟我的吐息正面對撞。

雖然我的吐息威力比較強，卻因為火焰與雷電而導致威力有些分散。

雙方的力量碰撞、爆炸，把臭小子轟飛出去。

唔！竟然賣弄小聰明！

剛才那一擊還不能解決掉他嗎？

可是，這是我的大好機會。

臭小子被轟飛出去，身體失去了平衡。

我要趁機把吐息轟在他身上！

懷著這種想法，我大大地吸了口氣。

就在那一瞬間，嘴裡的什麼滑進喉嚨裡了。

我剛才吞下了什麼？

從嘴裡冒出來的大量鮮血，讓我沒發現嘴裡藏著某種東西。

就算我直覺大事不妙，也為時已晚了。

被我吞下的某種東西，在肚子裡面猛然爆炸。

「咕啊！」

嘴裡冒出一陣煙，而不是我打算噴出的吐息。

發生什麼事了？

我被迫吞下某種東西，而那東西爆炸了嗎？

到底是什麼東西爆炸了？

除了雙手拿的劍，臭小子應該沒拿任何東西才對。

只有劍？

我懂了！

就是劍！

這個臭小子的能力是製造魔劍。

難道他在我看不見的地方，製造出短劍大小的爆炸魔劍了嗎！

我被他擺了一道！

就跟翅膀一樣，雖說我的防禦力很強，但也不是所有部位都很硬。

體內不可能是硬的。

換作是普通的龍，或許早就被剛才那一擊殺掉了。

就算是我，也受到了如此巨大的傷害。

情況不妙。

我受到的傷害太大了。

而臭小子已經重新站穩腳步，還打算趁我畏縮時發動攻勢。

臭小子的身體被火焰與雷電包覆。

火焰與雷電擋下了我的咒冰。

沒有後顧之憂的臭小子的攻擊無情地向我襲來。

即使我舉起前腳勉強擋下那一擊，刀刃依然深深地砍進擋住攻擊的前腳。

他又緊接著揮出另一把劍，在我身上製造出其他傷口。

糟了……

這下糟了！

我真的會死！

主人！

快來救我！

我沒出息地望向主人所在的地方，打算向他求救，卻沒能找到主人的身影。

咦……！

主人！你跑去哪裡了！

不要啊！我不要啊！

我不想死！

沒人聽到我的哀求，臭小子的攻勢越發猛烈。

6 抵達鬼兄身邊

事件不是發生在會議室裡。

事件發生在我們不知道的地方，卻把我們捲了進去。

而我已經找到那唯一的真相了。

我把一堆不知道是出自刑警還是名偵探之口，連自己都搞不清楚的名言混在一起說了出來。

沒錯。我在逃避現實。

「吼喔喔喔喔——！」

眼前有一位紅著眼睛大聲咆哮的少年。

雖然外表只是個少年，但那聲咆哮與他身上發出的殺氣超級不妙。

不光是耳膜，就連空氣都因為那聲咆哮而撼動，而他身上發出的殺氣甚至讓周圍的景色扭曲了。

正確來說，是他手中的魔劍發出熱量，讓景色真的扭曲了。

從另一把魔劍射出的紫電則纏繞著他的身體。

感覺起來就像是殺意波動覺醒後的超級蔬菜星人2（註：暗指《快打旋風》與《七龍珠》）一樣……

哈囉，鬼兄。

一段時間不見，你變得還真狂野呢。

雖然上次碰面的時候也相當狂野，但看來那還不是你的極限。

你的上進心似乎超出了我的想像。

哈哈哈！

……怎麼辦？

為什麼我會陷入這種處境？

一言以蔽之，這都是邱列邱列那傢伙惹的禍。

犯人就是邱列邱列！

雖然在刑警劇或偵探劇中，只要說出這句話就結束了，但這可不是那種故事，所以一切都還沒結束。

至於事情為什麼會變成這樣……我想起剛才發生的事情了。

邱列邱列突然出現了。

「我有事要拜託妳。」

一身黑的可疑人物突然闖進最近已經逐漸變成例行公事的下午茶會。

雖然我很想抱怨一下公爵家的警備系統，但這種情況只能說是入侵者不好，怪不得他們。

畢竟對方可是真正的神。

因為是神直接用轉移跑來這裡，所以警衛根本毫無用處。

面對突然轉移過來，還突然拜託我幫忙的邱列邱列，我當然沒辦法馬上做出回應。

更何況，要是被別人搭話能馬上回答的話，我就不會是冰山美人了！

就在我感到困惑，愣在原地時，菲兒不知為何搬來給邱列邱列坐的椅子，讓他就這樣加入我們的茶會。

莉兒把茶倒進備用的杯子，遞到邱列邱列面前。

一身黑的男子優雅地把杯子拿到嘴邊。

一群幼女跟穿著鎧甲的男子圍著同一張桌子開起茶會。

這副光景也未免太神奇了吧！

真是太扯了。

「我要拜託妳的事情不是別的，正是關於妳們在魔之山脈遇到的那位轉生者的事情。我希望妳去阻止他。」

喝了一口茶後，邱列邱列直接說明來意。

然後，聽到這些話的吸血子，眼裡發出了危險的光芒。

「可以請你說得更詳細點嗎？」

她超級感興趣地要邱列邱列繼續說下去。

聽到這個要求，邱列邱列突然往周圍張望了一下。

「……這種程度還在容許範圍中嗎？」

然後小聲說出這句話。

我總覺得這句話中隱藏著危險的氣息，他到底在提防什麼？

嗯，邱列邱列會提防的人應該只有一位吧！

那個墮落邪神到底幹了什麼好事……

話說回來，那個邪神現在應該也在旁邊偷聽吧？

邱列邱列說這種話沒問題嗎？

還是說，他是故意要說給她聽的？

「既然有求於人，那我當然應該展現出誠意吧。」

如此呢喃後，邱列邱列喝了一口茶。

然後放下杯子，將手舉向上方。

他把手輕輕一揮。

術式立刻展開。

那似乎是一種幻術，一道影像出現在空中。

出現的影像有點像是衛星照片。

那是從宇宙俯瞰星球的影像。

也是被白雪與冰所覆蓋的魔之山脈的俯瞰圖。

哦～原來魔之山脈從上方看起來就長這樣啊……

雖然我知道那裡有許多標高很高的山，但沒想到這條山脈如此廣大。

從俯瞰圖就能清楚看出，在平地上見到的山脈，也只不過是山脈整體的一小部分罷了。

我們從人族領地前往魔族領地的那條路，也只不過是冰山一角。

我茫然地望著那道影像，發現了某個事實。

在山脈的盡頭有一塊平原。

那裡既不是人族領地，也不是魔族領地。

那是一塊因為魔之山脈與大海，完全隔絕於人族與魔族領地之外的地方。

嗯？

這裡是什麼地方？祕境？

「與妳們交戰之後，他在魔之山脈徘徊流浪，最後抵達這個地方。」

當我對此感到疑惑時，邱列邱列開始說明。

「這個地方就是我所準備的靈魂休息處。」

聽到邱列邱列的這番話，應該不是只有我滿頭問號吧。

靈魂休息處？

那是啥？

「我好像說得不夠清楚。妳知道系統回收能量的方法吧？雖然只就效率來看，那確實是劃時代的好方法，但也不是毫無問題。問題就是靈魂會逐漸劣化。」

雖然沒就有問題的部分表示意見，但邱列邱列的臉色這麼難看，不難看出他其實覺得那很不人道。

哼～話說回來，靈魂劣化啊……

雖然吸血子與人偶蜘蛛們依然滿頭問號，但我大致搞懂狀況了。

系統一直在壓榨這個世界的居民的靈魂。

然後，如果這種壓榨長年持續下去，就算居民的靈魂受損也不奇怪。

要是那些損傷還來不及復原，靈魂就又繼續被壓榨的話，結果會是如何？

最後便會導致靈魂崩壞。

超越死亡，回歸虛無。

為了避免那種事情發生，邱列邱列才會建立這個休息處，把靈魂劣化嚴重的居民暫時隔離嗎？

嗯……也就是說，他讓那些居民在這個休息處過著避免鬥爭，盡量不取得技能的生活嗎？

雖然無法從根本上解決問題，但也算是可以接受的治標法。

「……我這樣說妳就懂了嗎？那就好說了。」

雖然嘴巴上這麼說，但邱列邱列看起來不太高興。

反倒似乎覺得事情有些難辨。

正如他說自己應該要展現誠意，邱列邱列說出了他原本不用說的休息處的實情。

話雖如此，讓我們徹底理解這個事實，對邱列邱列來說毫無益處。

因為這等於是在告訴我們，這個世界的處境就是如此不妙。

所以，雖然他跟自己宣言的一樣展現誠意，做出說明，卻不希望我們理解這一切。

「住在這個地方的人們幾乎毫無戰力。要是因為憤怒這個技能而失去理智的他抵達這裡，妳應該明白會發生什麼事情吧？」

嗯……我想應該會變成一場大虐殺吧。

明明好不容易才能在休息處和平度日，要是死掉的話，又得回到那種靈魂被人壓榨的日子了。

不過，其實我覺得這也不是什麼大問題。

可是，對邱列邱列來說似乎不是這樣。

所以他才會像這樣來拜託我們幫忙。

「因為跟D之間的約定，我沒辦法對轉生者出手。可是，我也不能眼睜睜看著這件事發生。我想拜託妳們的，就是代替我去阻止他。」

D果然有阻止他出手。

按照邱列邱列的個性，我猜他應該曾經為了阻止鬼兄而行動。

可是D阻止了他。

而且肯定是因為那樣很無聊之類的原因。

這很像是那個墮落邪神會做的事情。

然後，因為無法親自動手，邱列邱列才會拜託別人幫忙。

對方必須是D有可能容許，而且有能力阻止鬼兄的人物。

也就是我和吸血子。

畢竟他是邱列邱列，應該已經知道我的力量逐漸回來的事，雖然這麼說有點奇怪，但我是D中意的玩具。

如果是D中意的玩具，就算介入鬼兄的事件，也不會害他受到譴責。

D反倒會很高興，在旁邊搖旗吶喊。

嗯，真是最合適不過的人選！

「妳們願意幫忙嗎？」

「當然願意！」

一口答應這個要求的人當然不是我，是吸血子。

她怎麼可以擅自做決定？

算了，反正我本來就打算出手幫忙。

「感謝。事不宜遲，我們馬上出發吧。準備好了嗎？」

「咦？現在就去？」

也許是因為沒想到立刻就得出發，吸血子突然叫了出來。

「對。我想盡快趕過去。我可以用轉移直接把妳們送到當地，回程時也是一樣，所以不需要準備旅行的行李，妳們只要準備戰鬥需要用到的東西就行了。一旦妳們做好準備，我們就立刻出發。」

聽到邱列邱列這麼說，吸血子衝出房間。

她應該是想去拿自己愛用的武器吧。

畢竟她上次沒帶武器就去迎戰，結果陷入了苦戰。

「還有，我希望只由轉生者出手解決這次的事件。」

在吸血子回來之前，我原本打算坐著發呆就好，但邱列邱列卻在這時丟下震撼彈。

他說什麼！

也就是說，他希望只有我和吸血子兩個人去挑戰鬼兄嗎？

「如果把愛麗兒的眷屬帶去，應該毫無疑問能夠打贏吧。可是，那麼做很可能會破壞D的興致。雖說沒有直接出手，但早在我介入這件事時，應該就已經快要超過她的容許範圍了吧。我知道自己是在強人所難，但還是拜託妳們了。」

咕！邱列邱列說的話確實有道理。

我很想把三位人偶蜘蛛都帶去。

畢竟一個莎兒就能跟鬼兄打得不相上下了，如果再加上莉兒與菲兒的話，毫無疑問能夠打贏。

可是，那個D有可能容許這種其中一方必勝的局面嗎？

嗯，絕對不可能！

看到那種一點都不刺激的戰鬥，那個壞心眼的邪神不可能會滿足。

她肯定會以邱列邱列介入的事情為藉口，用盡各種手段出手阻礙。

要是事情變成那樣，把人偶蜘蛛們帶過去，反倒會讓事情變得更麻煩。

雖然只靠我跟吸血子兩個人能不能打贏鬼兄還很難說，但眼前有個超大地雷還特地去踩也很白痴。

沒辦法。

看來這次只能讓人偶蜘蛛們看家了。

然後，三雙眼睛用「妳要丟下我們嗎？」的眼神看了過來。

總覺得那六隻眼睛都快要哭出來了。

快住手！

不要用那種眼神看我！

這樣會害得我很難丟下妳們啊！

「讓你們久等了！」

當我拚命無視三位幼女的眼神攻勢時，全副武裝的吸血子回來了。

話雖如此，但她也只是換上方便行動的衣服，帶上愛用的大劍而已。

由於吸血子的衣服是用我的絲織成的，所以防禦力強過一般的鎧甲。

至於那把吸血子愛用的超長大劍，則是用神話級魔物——芬里爾的爪子加工製成。

順帶一提，據說那隻芬里爾的爪子不是人類討伐牠後取得的，而是芬里爾在很久以前襲擊人族要塞時，因為人族拚命抵抗而斷裂掉落的。

芬里爾似乎是因為爪子斷掉造成的疼痛才選擇撤退。

用那隻珍貴的爪子打造而成的大劍根本就是國寶級的武器。

事實上，這把大劍原本似乎是由某個國家嚴加保管，但該國在某次戰爭中受到毀滅性的打擊，為了填補其損失，才不得不哭著放手。

據說好像是一隻白色蜘蛛闖進，然後大肆作亂才招致如此結果，真不曉得是哪隻蜘蛛幹的好事。

總之，因為這個緣故而出現在市場上的這把大劍，被魔王用雄厚的財力買下了。

而這把大劍被吸血子看上，結果變成了她的愛用武器。

用我的絲防禦，用芬里爾的大劍攻擊。

嗯。我覺得比這更好的裝備應該是找不太到了。

我也已經武裝完畢。

6　抵達鬼兄身邊

我平常就穿著用自己的絲織成的衣服，大鐮刀也已經拿在手上。

要是沒有裝備，武器就無法發揮效果！

「那……我們出發吧。」

邱列邱列發動轉移。

我跟吸血子沒有抵抗，就這樣穿越空間來到未知的土地。

「吼喔喔喔喔——！」

狂暴的鬼兄就近在眼前。

這也未免太突然了點吧？

回想完畢。

那只是回想，不是跑馬燈。

我還不能死啊！

於是，我躲過了用肉眼看不到的速度衝過來的鬼兄的攻擊。

哇哈哈哈哈！我已經跟上次不一樣了！大不相同啊！

話雖如此，但現在的我跟還有能力值的時候不一樣，沒辦法穩定地強化肉體能力。

因為有別於能夠自動按照數值強化肉體的能力值，用魔術強化肉體時必須手動進行控制才行。

對魔術還不熟悉的我，無論如何都很難掌握那種手動控制的技巧。

不是把攻擊力提升得比預期的還要高，就是防禦力提升得不夠高，結果傷到自己。

防禦力尤其重要，不管是要攻擊還是要移動，如果不能維持足以承受強化後的體能的防禦力，就會因為反作用力而受到重創。

因此，我都是優先提升防禦力。

因為這個緣故，就算被鬼兄擊中，我應該也挺得住，但躲得掉的話還是躲開比較好。

畢竟我的魔術還充滿著不確定因素。

「你的對手是我！」

跟誇張地避開鬼兄攻擊的我正好相反，吸血子舉起大劍衝了過去。

上次明明就被打得落花流水，這傢伙還真有精神。

話說回來，她在公爵家應該都在學習禮儀和一般課程，沒有做過太多戰鬥訓練才對，為什麼還能這麼有信心地衝過去？

她在這段短短的期間內明明幾乎沒在做戰鬥訓練，難道她以為自己贏得了鬼兄嗎？

更何況，鬼兄顯然在這麼短的期間內又變強了。

「哼！」

吸血子把大劍從頭頂往下一劈。

正確來說，因為大劍的長度超過吸血子的身高，所以她無論如何都只能直劈或是橫砍。

面對大劍的直劈攻擊，鬼兄沒有閃躲，舉起其中一隻手上的刀準備格擋。

不對吧，只用一隻手再怎麼說都擋不住吸血子的直劈攻擊吧？

這實在是太小看吸血子了。

吸血子似乎也有同樣的想法，臉上露出殘酷的笑容。

「什麼……！」

但她的笑容很快就變成驚訝了。

因為鬼兄用刀輕輕改變了吸血子大劍劈砍的軌道。

然後毫不留情地揮出另一把刀，砍向因為揮出大劍而滿是破綻的吸血子。

目標是吸血子的脖子。

那絕非來不及反應的攻擊。

可是，在化解大劍攻擊的同時，鬼兄似乎發動了那把刀型魔劍的能力，把雷之力送到大劍上。

挨了電擊的吸血子動彈不得，無法應付接下來的火焰斬。

等一下！

鬼兄明明變成了一個狂戰士，那種聰明的戰法到底是怎麼回事！

我趕緊射出絲，纏住鬼兄的手臂。

呼呼呼……就只有絲和空間魔法，就算我不特別去控制，也能像這樣自由地使出！

華麗地拯救吸血子脫離險境的我，實在是帥……什麼！

「吼喔喔喔喔——！」

儘管手臂被絲纏住，鬼兄依然憑著蠻力揮刀！

這會造成什麼後果？

當然是我會被絲扯飛出去啊！

即使用強化肉體的魔術強化過臂力，我的體重也不會改變。

然後，以臂力為主進行強化的我，疏忽了對雙腿的強化。

因此，我沒能穩住身體，就這樣飛了出去。

在這種時候，我覺得能夠均衡強化肉體的能力值真的有夠方便！

不過，就算我有強化雙腿，我也不認為自己能穩住身體。

反正要是被這種超乎常人的力量拉扯，鐵定會連地面都一起被扯飛出去。

如果有空間機動這個技能，我或許還能製造出踏腳處，讓自己不被拉過去，但我的熟練度還沒有高到能在情急之下重現這個技能！

我一邊在空中胡亂揮手，一邊勉強找回平衡，在空中翻轉身體。

我切斷跟鬼兄連在一起的絲，平安降落在地上。

呼……正當我鬆了口氣時，我想起一件重要的事情。

啊，糟糕，吸血子搞不好死掉了。

結果我的掩護根本可有可無，要是鬼兄有把刀子完全揮出去，吸血子就要人頭落地了。

「好痛！你竟然敢砍我！」

然而，我的擔心是多餘的，吸血子活力十足的喊聲傳進耳中。

奇怪……？

雖然鬼兄的攻擊直接命中，讓吸血子受到跟我一樣的衝擊力，整個人飛了出去，但她的脖子毫髮無傷。

取代傷口的是有如鱗片般的東西。

那是什麼？

與其說是貼在上面，那些鱗片感覺更像是長出來的。

是那些鱗片擋下了鬼兄的斬擊嗎？

先不管這個問題，但為什麼是鱗片？

吸血子什麼時候進化成長著鱗片的生物了？

無視於我內心的疑惑，吸血子再次衝向鬼兄。

可是，因為大劍這種武器本身的特性，吸血子無論如何都只能大幅度揮動武器，面對鬼兄巧妙的刀法，根本就砍不到對方。

相較之下，鬼兄的刀卻不斷地砍在吸血子身上。

不過，刀子不是被用我的絲織成的衣服擋住，就是被那種神祕的鱗片擋住，沒辦法造成太大的傷害。

雖然應該不是完全沒造成傷害，但吸血子擁有高等級的ＨＰ自動恢復系技能，所以鬼兄無法輕易讓她達到足以致死的傷害量。

換句話說，這應該會是一場長期戰。

在吸血子的攻擊完全打不中的現況下，還能稍微傷害到對手的鬼兄算是占了上風。

話雖如此，但吸血子應該也不會只是無謀地衝過去，所以我覺得她並非毫無勝算。

「啊～！夠了！別給我躲來躲去的！」

……她應該不會只是無謀地衝過去吧？不會吧？

我當然相信她。

畢竟吸血子每天都在成長，甚至還在不知不覺中長出了那種鱗片。

我相信她一定沒問題的。

就在放下心來的同時，我也有了能夠觀察周圍情況的餘力。

在吸血子與鬼兄戰鬥的地方附近，有一隻渾身是血的巨大生物倒臥在地上。

那是一隻鱗片有如水晶般晶瑩剔透的美麗的龍。

但因為牠的四肢已經被鮮血染紅，看起來毫無生命力，所以美麗的程度也減少了一半。

為了治療那隻龍，邱列邱列正把手伸向那具傷痕累累的身軀。

那傢伙！我還在想他突然把我們丟到鬼兄面前後跑去哪裡了，原來是在那種地方嗎！

看來那隻龍直到剛才都還在跟鬼兄戰鬥，處於萬分危急的情況之下。

難怪邱列邱列會那麼著急。

為了讓鬼兄的注意力離開那頭瀕死的龍，他才會故意把我們傳送到鬼兄眼前吧。

雖然很想抱怨幾句，但這也是情勢所逼，我就原諒他吧。

我真是超級寬容！

嗯……

不過，那頭龍看起來還挺強的。

呃……魔王提到過的魔之山脈龍群老大好像就是長那樣，不會就是那頭龍吧？

……邱列邱列都間接地插手管這件事了，魔之山脈的老大就算親自出馬也不奇怪了嗎？

根據魔王的說法，魔之山脈的龍老大應該跟在之前的ＵＦＯ事件中與我並肩作戰的風龍修邦一樣厲害，結果還是被打得那麼慘嗎？

咦？鬼兄是不是比我想的還要危險啊？

吸血子有危險了！

「再來啊！剛才不是很凶嗎！死吧！去死吧！」

回頭一看，我看到正在猛攻的吸血子，還有只能一味防守的鬼兄。

啊……

我白擔心一場了嗎？

吸血子一邊使勁揮舞大劍，一邊用冰系與水系魔法攻擊鬼兄。

而且那些冰與水中都微微泛著紅，看來那並不是普通的冰魔法和水魔法。

既然是紅色的，那她八成是用吸血鬼的操血能力動了某種手腳吧，但我不清楚詳細的效果。

從鬼兄皮膚上的那些潰爛傷口看來，難不成那是強酸之類的東西嗎？

這隻幼女太強了吧。

不管是擋下鬼兄攻擊的鱗片，還是那種紅冰與紅水，吸血子的實力在我看不見的地方提升了許多。

她到底是在什麼時候變得這麼強了？

不，我知道她本來就很強了，更正確的說法是，她怎麼能在這麼短的時間內變得更強？

面對上次跟梅拉一起挑戰卻還是被打得落花流水的鬼兄，她居然能打得不相上下，由此便能看出她的進步幅度。

應該說，那位鬼兄似乎也在這段短短的期間內變強了，所以吸血子的進步幅度才顯得更為驚人。

看來被鬼兄擊敗這件事，似乎讓她相當懊悔……

因為戰敗的悔恨而成長，感覺有點像是少年漫畫的主角呢。

「去死吧——！」

成……長……？

嗯。吸血子內在的成長問題，還是交給魔王去解決吧。
那不關我的事。
我一邊把吸血子今後的情操教育問題拋到腦後，一邊觀察戰況。
咦？你問我怎麼不去幫忙？
要我跟別人聯手？
呃……就算你是半開玩笑地說出這些，但只要我想做的話，其實也不是辦不到喔。
雖然不是辦不到，但在這種層級的戰鬥中，連要支援別人都是件相當不容易的事呀。
吸血子與鬼兄都一邊迅速改變自己的位置，一邊激烈地四處移動。
如果還不能完全控制力量的我介入這種戰鬥，就得做好可能會誤傷吸血子的心理準備。
雖然不用擔心絲的掌握度，但他們倆的速度都太快了，我找不太到能夠插手的時機。
畢竟所謂的攜手作戰，得在跟合作的對象擁有同等，或是更強實力的情況下才得以成立。
很遺憾，現在的我沒有信心跟得上吸血子和鬼兄的速度。
剛才被鬼兄甩出去的時候，我已經知道光是單純強化肉體，沒辦法讓我像以前那樣在戰場上自由穿梭了。
我明白到那是建立在出色的能力值之上，並且借助空間機動等技能的力量，才得以實現的事情。
先強化運動能力，再強化防禦力，讓自己足以承受其反作用力，接著預測接地面積或其他外在因素所造成的影響，並且事先做好應對的準備。

這樣才有辦法進行超高速戰鬥。

光是其中一項都讓我苦不堪言了，要現在的我這麼做好像有些勉強。

我又重新體會到能力值和技能的偉大之處了。

應該說，是把能力值套用在這個世界的所有居民身上的系統太奇怪了。

我操控魔術時明明那麼辛苦，但這個世界的居民就算不去考慮那種事情，系統也會自動幫他們進行控制，這實在太卑鄙了！

我一邊暗自抱怨世間的不公平，一邊旁觀吸血子與鬼兄的戰鬥。

乍看之下是吸血子占上風。

鬼兄巧妙地擋掉吸血子揮舞的大劍，完全沒被砍到。

可是，紅水像是要填補攻擊之間的空隙一樣，在吸血子的身體周圍旋繞，襲向想要反擊的鬼兄。

一旦碰到那些水，鬼兄的皮膚就會冒煙，被燒到潰爛。

要是繼續放著不管就會結凍。

就算結凍了，但底下似乎還是會繼續燒傷皮膚，當鬼兄用魔刀上的火焰融化冰塊後，傷口裡面的肉露出在外，變得慘不忍睹。

我猜那是水魔法、冰魔法與酸攻擊的組合技。

此外，或許還用到了念動之類的技能。
也就是說，吸血子同時活用了好幾種技能嗎？
我連要同時操控不同能力都很困難了，技能實在是一種卑鄙的東西。
不同於大劍，紅水的攻擊軌道很難判斷，鬼兄沒辦法完全躲開。
畢竟那是水。
形狀可以隨意改變，如果是靠著念動在操縱的話，就能完全依照吸血子的想法發動攻擊。
不管是要使出點攻擊、線攻擊還是面攻擊，都能隨心所欲。
想要全部躲開反倒困難。
雖然如果只是被飛沫噴到，受到的傷害並不大，但要是被大量紅水噴到，強酸就會從該處開始灼燒皮膚。
而且那些水還會結凍，讓身體變得遲鈍，變得更容易被紅水擊中。
真是太可怕了。
我不是說被強酸融化的皮膚看起來很可怕，而是說這種戰法本身很可怕。
鬼兄當然也不會一味挨打。
他發動雙手魔劍本身的力量，用火焰與雷電迎擊紅水，想要將紅水轟散。
但可悲的是，屬性上的劣勢太大了。
雖然火焰與雷電在殺傷力這點上很優秀，卻不適合用來迎擊紅水。

因為雙方都沒有物理上的質量。

如果想要完全擋下伴隨著質量的紅水，使用土系魔法製造防壁會比較好。

即使靠著火焰與雷電爆炸的威力暫時擊退紅水的大浪，也無論如何都會有些飛沫噴到鬼兄身上，因為那些都是水，就算散開了也還是會立刻聚集到吸血子身邊。

而且也許是因為使用那種紅水要付出的成本不高，就算他用這招幸苦擋下紅水，吸血子也會立刻進行補充。

雖然我不曉得發動魔劍能力所需要的ＭＰ是多少，但不管怎麼看都是吸血子的耗損比較少。

如果不防禦，就會受到重創，但就算防禦了，也還是會消耗許多力量。

話雖如此，但也不是只要以攻為守就行。

因為鬼兄的火焰與雷電會反過來被吸血子的紅水擋住。

嗯。畢竟那是水，是有質量的東西。

連小學生都知道火怕水的道理，雷也沒有那麼容易通電。

攻防一體——對手明明擋不住自己的攻擊，自己卻能完美擋下對手的攻擊。

我再說一次，這招真是太可怕了。

離我們上次跟鬼兄戰鬥還沒有經過太長的時間。

住在公爵宅邸的吸血子沒時間提升等級，我也不曾見過她正式鍛鍊的模樣。

所以，她的能力值與技能應該不會有這麼大的變化才對。

吸血子現在占優勢，應該是她反省上次的失敗，重新審視自己手上的牌，徹底準備了對付鬼兄的對策後的結果。

這就是所謂的「知己知彼，百戰不殆」吧。

在分析對手並準備對策的同時，把自己手上的牌發揮到最大限度。

這麼一來，只要雙方的實力沒差太多，就有十足的勝算。

我也靠著這招戰勝比自己更強的敵人好幾次。

雖然除了亞拉巴之外的強敵，幾乎都是突然就打起來，我根本沒時間準備對策就是了！

不過，還好有鑑定大人幫我解決這部分的問題。

紅水襲向鬼兄，在他身上確實地不斷留下傷口。

雖然他似乎擁有ＨＰ自動恢復系技能，傷口會隨著時間慢慢恢復，但比起再生的速度，新傷口增加的速度更快。

繼續這樣打下去的話，吸血子好像會贏。

可是，事情真的會這麼順利嗎？

「咕！吼喔喔喔喔！」

鬼兄發出比之前還要可怕的咆哮。

在此同時，身上的殺氣也一口氣暴增。

火焰與雷電狂暴地包覆住鬼兄的身體，連距離較遠的我都能感受到那股熱氣。

鬼兄的身體傾向前方。

他在一瞬間縮短跟吸血子之間的距離，只靠著衝刺就輕易擊潰紅水的防壁，將手中的雙刀同時砍在吸血子身上。

驚訝地瞪大雙眼的吸血子來不及閃躲，就連堅硬的鱗片也無法擋住鬼兄使出全力的一擊，身體被輕易地斬開……這種事情並沒有發生。

沒錯。因為一臉茫然的吸血子就在我身邊。

鬼兄的全力一擊完全揮了個空。

像是要噴出無處發洩的怒火一樣，火焰與雷電在吸血子原本站著的地方爆開。

連鬼兄本人都被捲入其中，強烈的聲響與衝擊襲向周圍。

好險！

要是被那招直接擊中，就算是吸血子也會灰飛煙滅。

「咦？為什麼？咦？」

吸血子似乎無法理解到底發生了什麼事，輪流看向爆炸地點與我，腦袋裡一片混亂。

我做了什麼？其實也沒什麼大不了的。

就只是直覺情況不妙，用轉移把吸血子拉到身邊罷了。

雖然還擁有技能的時候，我沒辦法用轉移把對方拉到身邊，但現在的我可以辦到這種事。

如果只論絲和轉移的話，我有信心比我以前還在使用技能時更厲害。

我沒辦法介入這場戰鬥，但如果只是要救人的話，我隨時都能辦到。
所以我才會放心地在旁邊觀戰。
可是話說回來……
沒想到鬼兄還能再進一步強化自己的能力，真是可怕。
就算吸血子的防禦力再怎麼高，我也不認為有高過那隻倒在地上的龍。
我猜吸血子的鱗片應該是龍鱗系的技能吧。
雖然我很疑惑吸血子為什麼會有那種技能，但連真正的龍都被幹掉了，讓我一直覺得鬼兄無法突破吸血子的防禦力這點有點奇怪。
雖然我猜他應該還握有某種王牌，卻沒想到那張王牌居然是進一步的能力強化。
3嗎？這是3嗎？
也就是說，他還會變成「藍」之類的型態，最後變成4嗎？
很遺憾，我可不是戰鬥民族，就算聽到這種事也不會興奮。
嗯～？
可是，鬼兄的強化到底是怎麼辦到的？
其中的原理到底是怎樣？擁有鑑定的吸血子小姐可以幫忙看一下嗎？
「鑑定。」
「咦……？啊，沒問題。」

聽到我要她鑑定鬼兄，吸血子稍微愣了一下才乖乖照做。

畢竟上次這麼做幫了我們不少忙。

這都已經是第二次了，她應該明白我的意思才對。

至於反應有點慢這點，我就假裝沒發現吧。

「鬪神法ＬＶ10？就只有這個技能的等級特別高，難不成這是憤怒的支配者這個稱號附送的技能嗎？剛才那種瞬間強化，似乎就是因為發動了鬪神法。而且用鬪神法提升的能力，似乎也會受到憤怒的強化。」

看過鬼兄的鑑定結果，吸血子做出了這樣的分析。

原來如此。

鬼兄所擁有的怒氣系技能一旦發動，就能在不消耗ＭＰ或ＳＰ的情況下強化能力值。

而且強化倍率相當高，如果是怒氣系的最上級技能——憤怒，甚至能讓原本的能力值增強好幾倍。

然後，鬪神法是能在發動時消耗ＳＰ強化能力值的技能。

如果是鬪神法ＬＶ10的話，各種能力值應該會增加個一千左右吧。

如果就連那些增加的能力值都能被憤怒強化的話，光是這樣就會讓能力值變得非常驚人。

我很在意鬼兄的能力值到底是多少，忍不住開口詢問：

「大概是多少？」

「……物理攻擊力超過兩萬。」

我的老天爺啊。

沒有隨便把人偶蜘蛛們帶過來，說不定反而是對的。

如果真的高達兩萬，那不就超過人偶蜘蛛們了嗎？

雖然之前光是一個莎兒就能跟鬼兄打得不相上下，但他的等級也在這段短時間內提升了。

三個人偶蜘蛛一起上的話應該會贏，但說不定會出現犧牲者。

就算能用轉移救人，我也沒有什麼自信能同時救好幾個人。

轟！伴隨著爆炸聲，粉塵吹散開來。

儘管身受重傷也毫不在意的鬼兄，從爆炸地點的中央現身了。

就算傷到自己，他也完全不在意。

難道他連在意這件事的理智都沒了嗎？

被怒火染紅的雙眼捕捉到我們的身影，筆直衝了過來。

「唔！幫我爭取一點時間！再一下下我的嫉妒就能封印那傢伙的憤怒了！」

嗯？

吸血子是不是說了一些不能當作沒聽到的話？

等一下……

要我爭取時間是無所謂，但嫉妒……？

這孩子剛才是不是說了嫉妒？

不是妒心嗎？

「吼喔喔喔喔——！」

鬼兄，你給我暫時安靜一下。

我用轉移把逼近眼前的鬼兄變不見。

也許是因為鬼兄突然從眼前消失，吸血子一邊眨眼睛一邊環視周圍。

就算妳這樣東張西望，也絕對找不到他。

雖然現在的我能正常運用的能力就只有絲和轉移，但老實說，我是不會輸給這個世界的居民的。

我不可能輸。

利用轉移這種一旦失去限制就很可怕的能力讓自己逃走是很容易的事。

想要把對手傳送到其他地方也是很容易的事。

即使面對毫無勝算的對手，只要用轉移逃跑，或是把對手傳送到其他地方，戰鬥就結束了。

就算贏不了，也絕對不會輸。

有本事擊敗我的人，在系統的適用範圍內，頂多就只有魔王了吧。

不過，因為在系統的適用範圍外還有邱列邱列和波狄瑪斯存在，所以我無法斷言自己絕對不會輸。

即使處在這種不安定的狀態下，我卻沒有拒絕邱列邱列的請求，就是因為知道自己有勝算。

應該說，若非如此，我也不會答應他。

在知道鬼兄的王牌是憤怒加上鬪神法時，我就幾乎勝券在握，已經沒什麼好怕的了。

因為鬪神法需要消耗ＳＰ。

ＳＰ跟ＭＰ不一樣，不會自動恢復。

如果想要恢復ＳＰ，就只能吃東西。只要爭取時間不讓他補給能量，他遲早會耗盡ＳＰ自我毀滅。

而我的轉移最適合用來爭取時間了。

我無法想像自己戰敗的未來。

然後……

「嫉妒是怎麼回事？」

在鬼兄回來之前，有一件事情我必須問個明白。

被我低頭俯視，吸血子的身體猛然抖了一下。

「呃……對了！那只是一時口誤啦！」

原來是這樣啊……妳想騙誰？

也許是察覺到我壓抑在心中的怒火，吸血子稍微往後退了一步。

可是，對擁有轉移能力的我來說，距離是沒有意義的。

就算妳想要逃跑，我也會追到地獄的盡頭，逼妳說出一切！

「嗚……對……對不起！我消耗技能點數，讓妒心進化成嫉妒了！」

也許是感受到我堅定不移的決心，吸血子放棄掙扎，老實地道歉了。

啊……結果她還是做了……

吸血子原本就擁有的妒心這個技能，是跟鬼兄擁有的憤怒一樣的七大罪系技能的下位技能。

而她消耗技能點數，讓那個技能進化成七大罪系技能之一的嫉妒了。

七大罪系技能大多都擁有強大的效果。

相對的，光是擁有七大罪系技能，就會對身心造成影響，所以還是盡量別取得會比較好。

只要看到完全失去理智的鬼兄，應該就能徹底明白這點。

就算不至於變成那樣，同樣取得七大罪系技能的吸血子，在精神上應該已經受到某種影響了。

她在跟鬼兄戰鬥時表現出來的種種跡象，說不定就是這種影響造成的結果。

咦？你說她不是本來就那樣了嗎？

……我就相信事情並非如此吧。嗯。

真是的，魔王和我明明一直叮嚀她千萬不能取得七大罪系技能，沒想到她還是無視於我們的吩咐。

擁有能夠封印技能效果的嫉妒，確實很適合拿來對付鬼兄。

畢竟鬼兄的強悍，絕大部分都要歸功於憤怒的力量。

如果能夠把憤怒封印起來，就能大幅削弱鬼兄的實力，說不定還能喚回他失去的理智。

而且只要取得七大罪系技能，就能取得相對應的稱號。

稱號還會附贈其他的強大技能，又能得到稱號本身的效果。

我所擁有的傲慢的支配者這個稱號，就附送了暗黑系究極魔法的深淵魔法。七大罪系稱號附送的技能應該都很強大。

如果鬼兄的憤怒的稱號的附送技能，跟吸血子猜想的一樣是鬪神法的話，那我就可以理解了。

雖然不曉得嫉妒的稱號附送的贈品是什麼，但肯定是很強大的技能。

嗯？啊，難不成就是那種鱗片嗎？

在她跟鬼兄的戰鬥中，跟以前明顯不同的地方就是那種鱗片。

我還在想為什麼身為人型生物的吸血子，會擁有本來應該只有龍種才有的龍鱗系技能，如果那是嫉妒的稱號附送技能的話，那我就可以理解了。

嗯……這麼一想我才發現，得到嫉妒讓吸血子的戰力大幅提升了。

就算是這樣，但她居然不惜特地耗費技能點數，也要讓技能進化。

看來上次戰敗讓她相當懊悔。

懊悔到不惜違背我和魔王的吩咐。

6　抵達鬼兄身邊

可是，一碼歸一碼，一事歸一事。

我決定回去後要好好懲罰她一下。

「咿！」

我都還沒說話，吸血子似乎就從現場氣氛察覺情況不妙，發出沒出息的叫聲。

哎呀？怎麼了嗎？

跟鬼兄戰鬥時不是很凶嗎？說話啊？

「真……真的很抱歉！」

……她好像真的要哭出來了耶。

我有那麼可怕嗎？

在旁人眼中，我是把幼女弄哭的可怕女人嗎？

真令人費解。

「對……對了！現在不是說那種事的時候吧！那傢伙跑到哪裡去了？」

這麼露骨地轉移話題，真是辛苦妳了。

算了，之後再來懲罰吸血子吧。還有，妳問我鬼兄跑去哪裡了？

我默默地指向上方。

吸血子的視線也隨著我的手指移向上方。

幾乎就在同一時間，有某種東西從天上掉了下來。

那東西在沒有減速的情況下狠狠撞在地上，發出沉悶的聲響。

「咦？」

吸血子突然叫了出來，但其實我也跟她一樣震驚，想發出驚呼。

從天上掉下來的那個東西，就是狠狠摔在地上，變得像是條破抹布的鬼兄。

奇怪……

鬼兄，難道你沒有空間機動這個技能嗎？

說到我把鬼兄轉移到什麼地方，答案就是天上。

高度大概是五千公尺左右。

邱列邱列拜託我保護這個地方的居民免於鬼兄的毒手，我當然就不能把他轉移到某個遙遠的地方，讓他有機會逃掉。

即使要靠轉移爭取時間，我依然得多費心思，重新把他引誘回這裡。

既然如此，那最簡單的方法就是把他丟到天上。我付諸實行。

因為如果把他丟到天上，他只會筆直地摔落到這裡。

就算他稍微被風吹跑，也應該不會被吹到無法追上的地方吧。

而且我覺得不管掉到哪裡，鬼兄應該都會衝向這裡。

雖然我沒想到他居然沒有空間機動這個技能，結果直接摔在地上就是了。

嗯。仔細想想，要是沒有空間機動或飛翔之類的空中移動技能就被轉移到高空的話，就只能束手無策地往下墜落了。

連我自己都覺得這招太狠了。

哎呀，真是歹勢。

「嗚哇……」

儘管反應慢了半拍，但吸血子似乎搞懂我做了什麼，整個人都傻眼了。

喂，妳也做了相當凶殘的事情，這種反應讓我很意外啊。

話說回來，鬼兄，你怎麼會沒有空間機動技能呢？

明明能夠跟吸血子打得不相上下，卻連那種必備技能都沒有，是不是在瞧不起對手啊？

我以為你擁有空間機動這個技能，才會把你轉移到高空上，目的只是爭取時間，完全沒有要傷害你的意思。

這樣不就變得像是我親手給了你最後一擊一樣了嗎！

……話說回來，他真的死掉了嗎？

鬼兄好像動也不動了耶？

喂，你還活著嗎？

我提心吊膽地走過去確認，發現他還勉勉強強留有一口氣，真的只是勉勉強強。

雖然我感覺他已經奄奄一息，但還勉強算是活著。

即使鬼兄因為憤怒而變得凶暴，感覺也已經連一根指頭都動不了了。

嗯……

稍微煩惱了一下後，我輕輕揮手，把吸血子叫來身邊。

吸血子戰戰兢兢地走了過來。

別那麼害怕啦，我又不會對妳怎麼樣。

「嫉妒。」

「咦？」

「憤怒。」

「咦？」

可惡！我都已經說得這麼明白了，她還是聽不懂嗎！

真是個遲鈍的傢伙！

「用嫉妒封印憤怒。」

「啊……我知道了。」

吸血子好像總算明白了，立刻把手掌移到鬼兄上方。

雖然其實沒必要做這個動作，這只是憑著感覺做出的。

在吸血子用嫉妒封印鬼兄的憤怒的同時，為了防止鬼兄又失控反抗，我用絲拿走了他依然握在手上的魔劍。

你問我為什麼要用絲？

因為我不想在隨便靠近他的瞬間被一刀砍死。

拿走魔劍後，為了保險起見，我還用絲把鬼兄捆起來。

雖然他應該已經無力反抗，但這是為了以防萬一。

本著武士的慈悲，我還把絲的大部分都纏在他的腰部附近。

那個……

因為鬼兄的身體周圍經常纏繞著火焰之類的東西，所以衣服……

為了守護鬼兄的名譽，詳細情況我還是不說了吧。

「完成了。」

就在我處理這些事情時，鬼兄的憤怒似乎封印完畢了。

鬼兄身上發出的氣焰也消失了。

一旦那種強烈的氣焰消失，鬼兄看起來就只是個倒在地上快要死掉的尋常少年。

要是就這樣放著不管，他可能會死掉，所以我動手替他治療。

我先把扭曲的四肢恢復原狀，再用肌肉覆蓋住因為被強酸融化而露出的骨頭，然後在上面形成皮膚。

雖然我覺得治療魔術相當困難，但因為我原本就擁有最上級的治療魔法——奇蹟魔法，所以只要加以重現，就算是瀕死的重傷，也能像這樣輕鬆搞定！

即使傷口消失了，鬼兄也沒有露出安穩的睡臉。

那種苦悶的表情無論如何都不能說是安穩。

呃……總之他現在睡著了！嗯！

雖然不曉得他醒過來後會做何反應，但總之算是成功制伏他了吧。

「結束了嗎？」

邱列邱列似乎發現事情已經告一段落，帶著龍走向這裡。

原本渾身是傷的龍似乎已經被邱列邱列治好，又變回漂漂亮亮的樣子了。

邱列邱列來到我們面前，然後就這樣沉默不語。

總覺得之前也發生過同樣的事情，是我的錯覺嗎？

我記得當時在魔王到來之前，他都一直保持沉默，但魔王可不會過來這裡喔？

『哎呀，兩位真是幫了大忙。請讓妾身代替主人向兩位道謝。非常感謝。』

讓我和邱列邱列停止互瞪的，是在邱列邱列身後待命的龍。

『妾身是冰龍妮雅。今後請多多關照。妾身平時都在魔之山脈悠哉度日，歡迎兩位隨時來玩。當然，要記得帶伴手禮喔。』

牠是在向我們道謝嗎？還是在強求禮物？到底是哪一邊啊？

「妮雅。」

『是是是，主人也別害羞了，還不快點向人家道謝。』

原來他是在害羞嗎？

看到邱列邱列超級不耐煩地嘆了口氣的模樣，我實在不覺得他在害羞。

「這次承蒙妳們出手幫忙。感謝妳們。」

啊，他姑且還是道謝了。

可是，邱列邱列又再次陷入沉默。

他到底是什麼意思啦！

這種沉默讓人很難受耶！

雖然他開口說話會讓我不知所措，但是像這樣默默盯著我看，也會害我的心靜不下來啊！

「我還以為妳至少得花上一百年。」

就在我以為這陣沉默會一直持續下去時，邱列邱列小聲地呢喃。

一百年？什麼意思？

「妳已經相當擅長使用魔術了。我原本以為妳至少會有一百年什麼事情都辦不到，但看來我猜錯了。」

說完，邱列邱列一臉憂鬱地嘆了口氣。

喔喔……

根據邱列邱列這位前輩的判斷，我似乎會有一百年都無法找回自己的力量。

一百年……這也未免太久了吧？

話說回來，一百年後我還活著嗎？

因為我已經神化，所以不曉得自己的壽命會變得如何，就算我到時候還活著，但結果真的會是那樣嗎？

「在我看來，妳在空間魔術這方面比我更有天分。如果有那種本事，想要離開這顆星球應該也很容易吧。」

什麼！我的空間魔術居然得到邱列邱列的背書，說我比他還要厲害！

哎呀，我的才能真是太可怕了！

這也是沒辦法的事吧！畢竟我是天才啊！

可是，他居然說離開這顆星球？

這我倒是沒有想過。

對喔。只要使用空間魔術，我就算要離開這顆星球也行。

確實是這樣沒錯。

只要使用轉移，我甚至能夠跨越空間前往其他星球。

只要有那個意思，我也可以離開這顆星球。

「如果妳要離開這顆星球，我不會反對。應該說這樣反倒能替我消除掉不確定的因素，我會感激不盡。」

呃……

邱列邱列先生，你這是在拐著彎說話，說我不在會讓你比較輕鬆嗎？

不，也不算是拐著彎說話。

他這些話是不是很直白的要我滾出去的意思？

『主人，這種說法好像有點……』

「確實如此。是我不好。」

聽從妮雅的忠告，邱列邱列向我道歉了。

嗯。我當然會原諒他。

我已經清楚知道邱列邱列對我的評價，或者該說是真心話了。

「那位轉生者就交給妳們處置了。至於報酬嘛……就用這個吧。」

『好痛！』

邱列邱列突然剝下妮雅的鱗片。

然後拿著那片鱗片，走向躲在我身後的吸血子。

「那個借我一下。」

邱列邱列指著吸血子的大劍這麼說。

吸血子戰戰兢兢地把大劍交給邱列邱列。

邱列邱列接過大劍，把鱗片放到上面。

然後鱗片就被大劍吸收，消失不見了。

「我把冰龍妮雅的力量灌注進去了。如果是擅長冰屬性的妳，應該會用得很順手吧。」

哇……

他不知道是用了管理者權限還是什麼的，吸血子的大劍似乎得到強化了。

那原本就是用了芬里爾這個神話級魔物的素材打造而成的強力大劍，現在又用了冰龍妮雅這頭強大的龍的素材進行強化。

絕對已經變成傳說級的武器了。

只要看看從邱列邱列手中接過大劍的吸血子的表情，就能知道這有多麼厲害了。

她竟然露出那種閃閃發亮的眼神……

「雖然我只能給妳們這種東西，但妳有什麼想要的東西嗎？」

邱列邱列轉身向我如此問道。

嗯……

話雖如此，但就算他問我想要什麼，我也答不上來。

雖然我的武器這次沒有派上用場，但我已經有這把大鐮刀了。

如果是其他東西的話，就算不麻煩邱列邱列替我準備，我應該也能弄到手吧。

『那……就由我來犒賞妳吧。』

我陷入一股彷彿體溫被瞬間奪走般的錯覺。

那聲音直接在我腦海中響起。

到處都找不到那傢伙平常對我說話時用的智慧型手機。

這個不同於以往的情況，讓我無法不感到緊張。

『為了感謝妳讓我看到有趣的東西，我會好好犒賞妳的。』

無視我的緊張，那聲音繼續說了下去。

那是非常悅耳，卻會讓人聽了後感到不安的聲音。

『所以，妳要快點來見我喔。』

彷彿一根冰柱直接插進脊椎般的強烈寒意向我襲來。

「怎麼了嗎？」

邱列邱列狐疑地問。

連邱列邱列都聽不到剛才那聲音。

就連邱列邱列這個貨真價實的神都聽不到……

「不需要。」

我甚至不知道自己是不是還好好站著，是不是還能好好交談。

「我不需要報酬。這傢伙就交給我們處置了，希望你今後別來干涉我們。我想用這個約定代替報酬，這樣行嗎？」

「啊……沒問題。」

我拚命忍耐那種暈眩感。

老實說，我好想立刻倒在床上。

可是，我不能那麼做。

「蘇菲亞，在他醒過來之前，別停止嫉妒對憤怒的封印。」

「我……我知道了。」

我下達必要的指示，扛起失去意識的鬼兄。

「可以把這個地方的事情告訴魔王嗎？」

「……如果可以的話，我希望妳能保密，但這部分就交給妳去判斷吧。」

要不要把關於這個靈魂休息處的情報告訴魔王，似乎是我的自由。

雖然邱列邱列希望我別說，但因為那是他為了展現誠意而事先向我們公開的情報，所以他也不會限制我們。

「我明白了。那我們差不多該回去了。」

「嗯。感謝妳們的幫忙。」

我跟扛在肩上的鬼兄和吸血子一起轉移回到公爵宅邸。

人偶蜘蛛們過來迎接我們。

「莉兒，讓他睡在妳的房間，然後監視他。如果發生什麼事情就告訴我。」

聽到我下達指示，人偶蜘蛛們全都愣住不動。

雖然莉兒與菲兒都有自己的房間，但她們都沒在使用，整天都待在我房裡。

因為都沒在使用，這種時候才更該好好活用。

莉兒用彷彿看到不可思議的東西的眼神看著我，然後才慢吞吞地照著指示扛著鬼兄離開房間。

畢竟他已經被我的絲綑住了，就算醒過來後想要反抗，應該也不會造成太大的問題。

雖然剩下的幼女們都一直偷看我，但我現在沒心情陪她們玩。

「我要睡了。」

我如此宣言，往床上一躺。

然後就這樣用絲包覆住床鋪，與外界完全隔絕。

像是要擺脫一直在耳邊迴盪的聲音一樣，我縮起身體。

『快點來見我吧。』

可是，那句話依然沒有從腦海中消失。

那句話就像是詛咒一樣，折磨著我的精神。

我用手遮住耳朵。

雖然這麼做毫無意義，但我不得不這麼做。

我很清楚。

我不能一直逃避下去。

我必須去見那人一面。

去見那道聲音的主人——D一面。

鬼 拉斯

眼熟的工房。

這裡是我在線上遊戲裡的我的房間。

升上高中後，在俊和叶多這兩位朋友的邀情下，我開始玩這款遊戲。

為了配合先開始玩的他們，我選擇了鍛造師這樣的輔助職業。

因為我認為這樣應該就不會妨礙到玩純戰鬥職業的俊與叶多。

結果是他們兩個反而反過來配合我這位新手，讓我的想法落空了。

這件事讓我發自內心感到高興。

當他們選擇不帶練，而是陪我一起重練時，我就確信自己能跟他們變成好朋友。

我們有時候三個人一起去採取鍛造所需要的道具，有時候一起去狩獵會掉落強化武器所需要的素材的魔物。

沒辦法三個人都到齊時就兩個人去，連兩個人都湊不到時，我就獨自鍛造武器。

那是段相當有意義的遊戲時光。

一旦他們使用我做的武器與防具，我就會感到開心。

當個生產職業玩家其實也不錯。

我的祖父與父親在經營一間小工廠。

當時還年幼的我，並不是很清楚那間工廠的產品是什麼。

只不過，我知道那似乎是間製造某種零件的工廠。

「因為對方需要，我們才生產這種零件，結果另一間大工廠才剛蓋好，對方就跑去跟他們合作了。」

祖父一天到晚如此抱怨。

因為另一間能夠大量生產的更大的工廠蓋好了，購買我家產品的公司似乎就不再跟我家工廠續約了。

大家明明一直互相扶持，結果我們卻被對方單方面地捨棄了。

這件事讓祖父非常生氣，在工廠倒閉後，開始用酒精麻痺自己，幾年後很快就因為肝癌而離開人世。

而父親則是很早就察覺到工廠的經營狀況越來越差，在合約結束後立刻決定賣掉工廠，之後開始到其他公司上班。

諷刺的是，家裡的生活反倒比經營工廠時更好了。

或許祖父也是對此感到不滿吧。

可是，對於賣掉工廠這件事，父親也不是毫無感覺。

雖然他跟祖父不一樣，表面上沒說什麼，卻曾經用一種複雜的表情望著工廠遺址。

那絕對不是徹底看開的人該有的表情。

我會這麼討厭不平之事，八成就是因為從小看著祖父與父親的背影長大吧。

祖父與父親都對失去的工廠懷有自豪與感情。

結果工廠因為合作公司的一己之私而倒閉了。

然而，原本的合作公司卻因為跟大工廠簽訂新的合約，業績變得比以前更好。

這太沒道理了。

祖父與父親的工廠在此之前一直跟發誓效忠的武士一樣默默為對方製造零件，但對方卻很乾脆地就拋棄了我們。

這種事情有正義可言嗎？

不，沒有。

不管是公司業績也好，還是其他原因也好，對方應該也有自己的主張吧。

可是，祖父與父親明明遭到不合理的對待，對方的公司卻完全不必受到譴責，我無法原諒這種事情。

因此，就算不會受到法律懲罰，就算其他人都視而不見，只要是自己覺得不正確的事情，我就沒辦法放著不管。

在工廠倒閉之前我就已經有這種傾向了，所以就算沒有祖父與父親的影響，我說不定也會變成這種人。

只不過，工廠事件毫無疑問助長了這一切。

我無論何時都在追求正義。

而且無論何時都在為了糾正不對的事情而行動。

可是，這世間並沒有那麼單純。

如果做正確的事情就能讓這世間一切圓滿，我家工廠就不會倒閉了。

同樣的，我做了自己覺得正確的事情，結果卻反而把事情變得更糟，讓自己被當成壞人的情況也不少。

這一方面也是因為我經常為了解決問題而訴諸暴力吧。

雖然小孩子吵架可能就是這樣，但我就算年齡增長，升上小學、國中，也沒有改變自己使用的手段。

所以才會得到「小鬼」這樣的外號，受到旁人的畏懼。

暴力是不對的。

明明誰都明白這個道理，我卻為了貫徹自己的正義，率先做出那種不該做的行為，連我都覺得自己很矛盾。

而我比其他孩子還要更晚發現這件事。

因此，我在高中一直很安分。

這讓我之前那種荒唐的生活為之一變。

我享受著沒有暴力的和平時光。

光是對不合理的事情視而不見，放棄訴諸暴力，就讓我成功過著跟普通高中生沒兩樣的生活。

還交到俊和叶多這樣的好朋友，讓我得以充分享受高中生活。

可是，這樣真的好嗎？

對於在心中響起的這道聲音，我無法馬上做出回答。

場景在不知不覺中變成我在哥布林村子裡的房間。

不知道該說是自己的房間，還是全家人共用的客廳，總之那是家裡唯一的房間。

哥布林的建築技術實在算不上好。

然後，對於住在缺乏物資的魔之山脈的哥布林們來說，一個家庭住在只有一個房間的一棟屋子裡，就已經是極限了。

我在看似隨時都會倒塌的破屋子裡鍊成武器。

自從知道我擁有武器鍊成這項能力後，村裡發生了許多事情。

因為村子裡開始發送我用武器鍊成製造的刀叉等餐具，我還能製造出一部分的農具，所以日子變得好過多了。

武器鍊成一如其名，只能製造出能夠當作武器使用的東西，但因為過去農民起義時也經常把農具當成武器來用，所以能夠製造出種類不少的農具。

此外，武器鍊成的真本領是製造武器。

因為我能製造出品質精良的武器，狩獵的效率大幅提升了。

拜此所賜，我們能靠著狩獵班的哥布林抓回來的魔物肉充飢，能夠探索的範圍也變大了。

話雖如此，但我們的生活也不是完全改善了。

跟我熟識的同世代哥布林不是凍死，就是搞錯採收期，被田裡的蔬菜吃掉。

雖然有些人可能會覺得被田裡的蔬菜吃掉這句話很奇怪，但哥布林村田裡種的蔬菜，可是在魔之山脈的嚴寒中也能生長的食人植物……

頭一次看到那東西時，因為受到的文化衝擊太過強烈，我被嚇得目瞪口呆。

除此之外，外出狩獵的年長哥布林，有時候也沒能回到村裡。

話雖如此，我真正的大哥卻也順利進化成大哥布林，可說是有壞事也有好事。

我家裡有四個哥哥、六個姐姐、父母兩人，還有一個弟弟和一個妹妹，加上我一共有十五名成員。

雖然對人類來說，我們算是個大家庭，但對哥布林來說，就不算是特別大了。

因為哥布林的懷孕期間很短，繁殖力又強，很快就能生下孩子。

只不過，死亡率也相對的高。

聽說在我前面原本還有四位兄弟，還曾經有一個弟弟流產了。

那真的讓我很難過。

他原本應該是我的頭一個弟弟。

結果他沒能出生。

全家人都哭了。

我有好一段時間食慾都不好。

年紀最大的哥哥——拉薩拉薩安慰了這樣的我。

雖然我覺得把那當成是安慰有些微妙就是了。

若說他當時到底做了什麼事情……就是他揍了我。

「別一直臭著一張臉。你要多吃點東西，好好地活下去。因為這是活著的傢伙的義務。」

說完，他就硬逼著我吃東西。

他真的是硬把我的嘴巴打開，然後把食物往裡面塞。

從此之後，只要我在吃飯時表現出情緒低落的樣子，他就會不容分說地逼我吃東西。

我當時還以為自己要死了，但情緒卻逐漸變得不再低落。

拉薩拉薩大哥說的當然也有道理，更重要的是，母親體內有了新生命。

哥布林的生命力真強。

然後，我妹妹就出生了。

當時的我發誓要一輩子保護她。

連沒能出生的弟弟的份一起保護。

我之後很快就又有了弟弟，但我更疼愛妹妹。

我並不是不疼愛弟弟，只是因為曾經在心中強烈地發過誓，所以比起弟弟，我更照顧妹妹也是事實。

妹妹也像是在回應我的疼愛一樣變得更親近我，我們兩人總是黏在一起。

就連我忙著用武器鍊成製造東西時，妹妹也會乖乖地待在旁邊。

然後，只要我成功了，她就會拍手，像是自己成功了一樣為我高興。

這讓我無法不覺得她可愛。

我忽然有了幹勁，不斷地進行鍊成。

在遊戲裡當鍛造師時也是這樣，為了幫助別人而製造東西，讓我覺得很愉快。

而且很有成就感。

我製造的東西幫上別人的忙，讓我有種被別人需要的充實感。

祖父和父親或許也是懷著同樣的心情在經營工廠吧。

場景再次轉換。

「你們快逃！」

拉薩拉薩大哥是村子裡屈指可數的戰士。

他從大哥布林進一步進化成上級哥布林，能力值高到尋常哥布林無法相提並論的地步。

他是我引以為傲的哥哥。

所有兄弟都把拉薩拉薩大哥當成自己的目標。

而這樣的大哥正全身傷痕累累地吶喊。

我聽從他的指示，拉起妹妹的手逃跑。

人類攻進哥布林村了。

其實事前就有徵兆了。

因為狩獵班遇到人類的次數變多了。

多虧了我的武器鍊成，狩獵班的裝備變多，行動範圍也變廣了。

接著，他們的行動範圍擴展到了人類在魔之山脈底下建立的新村子附近。

人類們對此有所警覺，積極地向我們發動攻擊。

因為這個緣故，許多隸屬於狩獵班，而且有戰鬥能力，完成了進化的哥布林都犧牲了。

然後，人類終於攻進了哥布林的大本營，也就是這個村子。

他們手上都拿著我鍊成的武器。

我好不甘心。

那些都是我為了狩獵班的同伴們而鍊成的武器。

絕對不是為了襲擊這個村子的人類而鍊成的武器！

那些傢伙從狩獵班的同伴們手中奪走灌注了我的心意的武器，而且居然還拿那些武器來對付這個村子。

這個事實讓我感到無比懊悔。

無力對抗他們的自己，也同樣讓我感到懊悔。

就算我是成長速度很快的哥布林，但還是太過幼小了。

我只是一個還沒進化的尋常哥布林，除了能夠鍊成武器之外，真的一點用都沒有。

面對連狩獵班都無法與之抗衡的人類，我什麼都辦不到。

所以我逃跑了。

雖然很沒出息，但我手中還握著妹妹的命。

我要賭上生命保護這孩子。

像是要打碎我的決心一樣，一名男子擋住了我們的去路。

我毫不猶豫地把當天鍊成的武器丟向男子，試著往其他方向逃跑。

可是，我丟出去的武器沒能碰到男子，不但被他輕易避開，還被他用很快的速度繞到我面前。

光是看他的動作，我便知道這人的能力值顯然比我高上一大截。

「嗯？」

萬事休矣。

即使如此我仍然試著找尋生路，男子狐疑地看著這樣的我。

然後，他拿起掛在脖子上的石頭項鍊，小聲說了幾句話。

可是，那種語言不是哥布林平常使用的語言，我無法理解那些話的內容。

只不過，我感到一股彷彿全身都被人玩弄於鼓掌般的寒意，讓我明白他對我做了某種事情。

男子瞇細眼睛。

雖然不曉得他在做什麼，但這是個好機會。

雖然懷著這種想法的我想要轉身逃跑，但男子先一步抓住我的頭，把我的頭壓在地上。

「嗚！咿……！」

我忍不住發出刺耳的叫聲。

不光是因為被壓倒在地上時的疼痛，而是因為男子後來對我做的異常事情。

這是怎麼回事！

彷彿雜質流進體內般的不舒服感覺與痛楚蜂擁而至。

同時還有一種彷彿意識被渲染的莫名感覺向我襲來。

我咬緊牙關拚命忍耐。

雖然意識還能勉強忍受，但身體卻逐漸不聽使喚。

我明明一直掙扎著想要掙脫男子的手，卻完全使不上力氣任他宰割。
我從眼角餘光瞥到妹妹動也不動地站在原地。
雖然我想叫她快逃，但嘴巴卻動不了。
男子放手了。
然而，我的身體卻完全不聽使喚。
就算想要起身，也完全使不上力氣，連一根手指都動不了。
好像這不是我自己的身體一樣。
事實上，我的身體當時已經被變成了別人的東西。
然後……然後……

場景再次切換。
我在一間跟哥布林村裡的家無法比擬的堅固屋子裡面。
這裡是毀滅哥布林村的那群人的據點，也就是位於魔之山脈底下的人類村子。
我在那裡進行武器鍊成。
身旁沒有妹妹。
取而代之的是，我多了同伴殺手與食親者這兩個稱號。
我變成襲擊哥布林村的其中一位人類男子——布利姆斯的奴隸了。

我沒有個人意志。

我被逼著聽從命令，無法反抗那傢伙。

這真是太沒道理了。

為什麼事情會變成這樣？

就算思考這個問題，我也找不到答案。

布利姆斯心滿意足地看了看我鍊成的武器，然後拿走。

掛在布利姆斯脖子上的石頭，是高等級的鑑定石。

哥布林村裡也有鑑定石，多虧了那些鑑定石，大家才發現我擁有武器鍊成這個技能，但布利姆斯的那顆鑑定石似乎品質更好。

他似乎就是用那顆鑑定石看穿我擁有武器鍊成這個技能。

所以我才沒有被殺，變成了他的奴隸。

我還寧願被他殺掉。

我不是為了被你們利用，才擁有武器鍊成這個技能的。

然而，我每一天都被逼著鍊成武器，而成品全都被那些傢伙拿走了。

我好不甘心。

而恨意還要更為強烈。

儘管恨意在心中翻騰，我還是無法逃離布利姆斯的支配，不斷地鍊成武器。

場景再次切換。

布利姆斯讓我擊敗他在魔之山脈收服的魔物。

這就是所謂的帶練。

武器鍊成這個技能會消耗我的ＭＰ製造出武器。

因此，如果提升我的等級，讓我進一步進化，我的ＭＰ就會增加，能夠鍊成的武器的質與量都會提升。

反覆做著這種事情後，我輕易進化成大哥布林了。

對哥布林來說，進化成大哥布林有著很重要的意義。

哥布林如果沒有進化，壽命會非常短暫。

短命到連能不能活過十年都不一定。

但若是能進化成大哥布林，壽命就會一口氣變得跟人類差不多長。

因此，為了進化成大哥布林，所有哥布林都必定得加入狩獵班一次。

為了進化成大哥布林，得擊敗魔物提升等級。

那也算是一種成年禮。

只有跨越這道難關，哥布林才會變成大人。

當然，在狩獵行動中失去生命的哥布林也很多。

因此，狩獵對哥布林來說不只是取得食物的行為，也是一種神聖的儀式。

然而，我卻在內心毫無任何感觸的情況下進化成大哥布林。

我曾經想像過自己總有一天也會外出狩獵，跟狩獵班的同伴們並肩作戰對付魔物的未來。

但那種未來並沒有發生。

就只有毫無成就感的進化。

而且見證這一刻的人，不是會純粹為我的進化感到開心的妹妹，而是一臉得意地點了點頭的布利姆斯。

還有眼神黯淡無光的拉薩拉薩大哥。

被布利姆斯收服的人不是只有我。

拉薩拉薩大哥也是那傢伙魔掌下的犧牲者。

拉薩拉薩大哥被那傢伙支配的程度似乎比我更高，剛開始時還有的敵意早已消失，現在就像是沒有意志的人偶一樣，只會乖乖聽從布利姆斯的命令。

這就是號稱村裡最強，受到大家仰慕的拉薩拉薩大哥現在的樣子。

要是村子裡的大家看到拉薩拉薩大哥現在的樣子，會說什麼呢？

會覺得他沒出息嗎？

還是會為他感嘆、悲傷？

還是會對把拉薩拉薩大哥變成這樣的布利姆斯感到憤怒？

這一切都只是我的想像。

因為村子裡的大家都已經不在了。
只要想到我總有一天可能也會變成那樣，我就感到害怕。
可是，對布利姆斯等人的恨意，在我心中占有更大的比重。
即使身體受到支配，我也絕對不會把心交給他。

場景再次切換。
那是絕不允許發生的光景。
我懷疑自己的眼睛。
這是在開什麼玩笑？這種玩笑太過火了吧？
我甚至懷疑那可能是為了讓對方疏忽大意的演技。
可是，我錯了。
我明白自己錯了。
拉薩拉薩大哥在笑。
跟馴魔師布利姆斯一同歡笑。
那傢伙明明是我們村子的仇敵。
那笑容卻像是發自內心感到開心。
眼神中甚至流露出敬愛之情。

光是這樣就已經不可饒恕了，拉薩拉薩大哥手上竟然還拿著一些花籤。

那對哥布林來說是很重要的東西。

那是哥布林外出狩獵時，會帶在身上當作護身符的重要東西。

對哥布林來說，狩獵是神聖的儀式。

而留在村子裡的哥布林，會把親手製作的花籤當成護身符，送給外出狩獵的哥布林。

在氣候嚴寒的魔之山脈，想找到綻放的花朵是非常困難的事情。

即使如此，他們也絕對要把花籤交給同伴。

而拉薩拉薩大哥手中握著好幾個如此重要的東西。

一個人只有一個花籤。

如果是這樣的話，那些花籤就不是拉薩拉薩大哥的東西。

更何況，我們的村子已經滅亡一段時間了。

就算已經做成花籤，拉薩拉薩大哥原本的護身符應該也已經枯萎了。

那拉薩拉薩大哥手裡拿的到底是誰的護身符？

我不想思考這個問題。

可是，答案就只有一個。

拉薩拉薩大哥手裡拿著的護身符，是其他哥布林村的戰士們的東西。

而既然拉薩拉薩大哥手裡拿著那些東西，就表示拉薩拉薩大哥消滅了那個村子。

眼前突然變得一片赤紅。

為什麼？

我被背叛了。

心中的驕傲被玷汙了。

不能原諒。

『熟練度達到一定程度。技能「激怒ＬＶ９」升級爲「激怒ＬＶ10」。』

『滿足條件。技能「激怒ＬＶ10」進化成技能「憤怒」。』

『熟練度達到一定程度。技能「禁忌ＬＶ３」升級爲「禁忌ＬＶ５」。』

『滿足條件。取得稱號「憤怒的支配者」。』

『基於稱號「憤怒的支配者」的效果，取得技能「鬪神法ＬＶ10」、「閻魔」。』

『「氣鬪法ＬＶ２」被整合爲「鬪神法ＬＶ10」。』

後來想想，那都是因為布利姆斯對拉薩拉薩大哥的支配力變得太強導致，如果他還保有理智的話，肯定也不想做那種事吧。

可是，憤怒讓此時的我失去了深入思考的能力。

從體內湧出的灼熱怒火把一切事物燒盡。

彷彿要把我自己也燒成焦炭一樣。

在此同時，束縛著我的馴魔師的咒縛，也像是燃燒殆盡般被解開了。

這樣我就自由了。

再也沒有什麼能夠阻止我了。

我用盡渾身力量鍊成武器。

只追求純粹的破壞力。

彷彿反映出我現在的內心一樣，有著不祥外型的火焰魔劍完成了。

我毫不猶豫地用那把劍砍向不知羞恥的叛徒。

因為沒能好好防禦，那個我過去稱他為大哥的傢伙被斬成兩段，消失在爆炎之中。

雖然我想順勢斬殺在他身旁的布利姆斯，但他果然不是省油的燈，已經拉開跟我之間的距離了。

聽到聲音後，其他人也聚集過來。

布利姆斯也召喚出新的魔物。

管他的。

就算這條命燃燒殆盡也無所謂。

好好感受一下我的怒火吧。

然後……

「這是因果報應嗎……？」

我俯視著生命走到盡頭的布利姆斯。

除了布利姆斯之外，現場還活著的人就只有我。

其他人都被我殺光了。

對方的戰力壓倒性地強過我。

我能夠扭轉劣勢，都是多虧了憤怒與鬪神法的力量，以及只要提升等級就能完全恢復的特殊體質。

因為我的等級很低，只要擊敗少數的敵人，等級就會提升。

我把HP、MP和SP消耗到瀕死的地步，然後靠著提升等級進行恢復。

然後再次戰到瀕死的地步。

不斷重複這個過程。

剛開始的時候，那些傢伙還在猶豫要不要殺我，這也是我能戰勝的一大原因。

我的武器鍊成對那些傢伙來說是貴重的能力。

隨便殺掉這個貴重的戰力真的行嗎？

這種想法顯而易見，比起殺掉我，那些傢伙更想要制服我。

而我成功地利用了這個機會。

「真是難看啊……」

活到最後的布利姆斯非常強。

不管是以一位馴魔師而言，還是單純以一位戰士而言。

即使只論身為戰士的實力，他也比在場的任何人都強。

而這位強大的男子，如今正趴倒在地上哭泣。

「你恨我嗎？」

我沒有回答布利姆斯的問題。

因為我在被布利姆斯奴役時學會了他們的語言，所以並非無法回答。

可是，我沒必要回答。

我揮下高舉的劍代替回答。

「真不甘心。」

然後，布利姆斯斷氣了。

在他最後的話語中，我感受到極深的執著。

他應該有著無論如何都想完成的事情吧。

甚至不惜消滅我們這些哥布林。

這就是因果報應。

然而，我的心情並沒有變得舒暢。

只留下重度的喪失感與鬱悶。

以及至今依然沒有消失的怒火。

我從布利姆斯的屍體上拿走鑑定石。

然後鑑定自己。

我看到「準備進化」這四個字。

進化選項有兩個。

分別是上級哥布林與巨魔。

我做出選擇。

同時使用命名這個技能，把自己的名字改掉。

改成拉斯這個新名字。

哥布林都對自己的名字感到自豪。

雖然我主要是把命名這個技能用來替自己鍊成的武器命名，藉以提升武器的性能，但如果用這個技能改變哥布林的名字，也能夠提升他們的能力值。

可是，沒有哥布林願意改名。

哥布林就是如此珍惜自己的名字。

為了效仿某位英勇奮戰至死的傳說哥布林的名字，哥布林的名字都是由重複的兩個音節所組成。

例如拉薩拉薩或拉茲拉茲之類的。

拉茲拉茲是我原本的名字。

可是，我已經沒資格說自己是哥布林了。

不管是心中的驕傲還是願望，都被這股怒火覆蓋掉了。

因此，我沒辦法繼續當個哥布林了。

這裡只有一隻惡鬼。

一隻被憤怒支配的惡鬼。

在對著天空咆哮的同時，我因為進化而失去了意識。

場景再次切換。

我不再是個哥布林，還失去了同伴，就連復仇的對象也沒了。

老實說，我失去了活下去的意義。

然而，我還是因為惰性而繼續苟活著。

我不想待在被布利姆斯支配時居住的村子，但捨棄了哥布林身分的我，回到哥布林村好像也不太合適，排除這些選項後，我踏上了遠離魔之山脈的道路。

那條路通往人類支配的地區，冒險者們二話不說就對進化成巨魔的我發動攻擊。

在不斷擊退冒險者的過程中，我被大規模的冒險者集團襲擊了。

靠著事先準備好的陷阱與魔劍，我度過了這個難關。

明明找不到活下去的意義，我卻靠著憤怒帶來的怒火與惰性去戰鬥，最後活了下來。

然後，在我擊退冒險者們後前來迎戰的，八成是國家的正規部隊。

我輸給率領那支部隊的老騎士與老魔法師，狼狽地逃走了。

在逃跑的過程中，我還被一名神祕男子施加了恐懼與幻影這兩種異常狀態，在幾近錯亂的情況下到處破壞。

當我回過神時，已經回到布利姆斯所在的村子了。

我擊潰了疑似在那個村子裡埋伏的一群人，然後突然發現一件事情。

我已經不想戰鬥，也沒有戰鬥的理由了。

連我都覺得很驚訝。

因為我居然連這種事都沒有發現，被怒火與惰性牽著鼻子走，一直不斷地戰鬥。

然後，疲累不堪的我把面子與名聲全都拋到腦後，準備動身前往過去的哥布林村。

雖然那裡已經變成廢村，一個人都沒有，但我想要獨自一人在那裡隱居。

可是，在前往那裡的途中，我再次忘記自己的目的。

我的想法似乎受到憤怒的侵蝕，無論如何都會想要戰鬥。

我襲擊棲息在魔之山脈的魔物，完全忘記想要回到哥布林村這個原本的目的。

在那之後，有一頭非常強大的龍對我的處境表示同情。

可是，那些話難道不是拐著彎叫我去死的意思嗎？

在那之後，我跟一位有著六隻手臂的小女孩戰鬥，然後又跟一位雖然幼小卻非常有魄力的女孩，以及一位氣色不好卻很強的男子戰鬥。

然後還不知為何遇到了前世跟我同班的若葉同學。

這段期間的記憶連我自己都覺得有些詭異。

因為這個世界存在著能力值這種東西，所以小女孩很強也不是絕對不可能發生的事情。

就算有六隻手臂，只要把那想成是某種道具，也不是無法解釋。

可是，若葉同學出現在我面前，這實在是太不現實了。

我想那如果不是夢境就是幻覺。

然後，大概是現實的現實就只到這裡為止，接下來的一切都發生在半夢半醒之間。

我跟魔之山脈的魔物們戰鬥。

還跟一位超級強大的老劍士戰鬥。

然後，那頭對我表示同情的龍擋住了我的去路。

最後是那位只有兩隻手臂的小女孩與若葉同學。

只有兩隻手臂的小女孩……那不是很普通嗎？
或許是因為作了太多夢，讓我的腦袋陷入混亂也說不定。
嗯？夢？
我不知為何飛在空中。
不是像鳥那樣自由自在地飛。
與其說是飛，不如說我正在墜落。
地面迅速逼近眼前。
我害怕自己會就這樣撞向地面。
我的預測完全命中，在發出沉悶聲響的同時，我的身體狠狠地撞在地上。
我有種身體摔得四分五裂的錯覺。
如果這是一場夢，這種時候不是應該在撞到地面的前一刻從床上驚醒嗎？
咦？夢？
對了。
這是一場夢。
一場非常漫長的惡夢。

「啊！」

我醒過來了。

沒在撞到地面的前一刻驚醒，而是在撞到地面後才發現是夢清醒過來，這種夢醒的經驗應該很難得吧？

感覺差到不行。

像是要表現那種心情一樣，我身上大汗淋漓。

可是，我並沒有從床上起身。

或者該說是起不來才對。

「咦？這是怎麼回事？」

我的身體動彈不得。

因為這個緣故，就算我想起身也起不來。

在腦袋裡一團混亂的同時，我試著把握現況，移動視線。

幸好脖子還能動，讓我可以看看周圍的情況。

我似乎是躺在床上。

由於身上蓋著棉被，我看不到自己的身體變得如何。

可是，從身上的感覺來判斷，我猜自己應該是被綁起來了。

接著我環視自己所在的房間。

這是一間哥布林村的破房子與布利姆斯住的村子裡的民房都無法比擬的豪華大房間。

這是哪來的皇家套房啊？

我無法理解自己為何會睡在這種房間，腦袋變得更為混亂。

這樣的我跟床邊的小女孩四目相對。

小女孩用那雙有如手工藝品般的眼睛注視著我。

總覺得她長得跟那位有六隻手臂的女孩有點像。

等等……

有六隻手臂是什麼意思？

那不是發生在夢裡的事情嗎？

有六隻手臂的女孩不可能真的存在。

總覺得從那段時間開始，我就分不清夢境與現實了。

想到這裡後，我發現我完全不曉得自己為何會睡在這種豪華房間裡。

最近的記憶就像是在半夢半醒之間一樣曖昧，完全派不上用場。

自己到底是遇上了什麼事情才會睡在這種地方？我完全搞不清楚狀況。

「呃……早安？」

腦袋一片混亂的我，只能說出連自己都覺得很蠢的問候。

不然我還能說什麼？

聽到我的問候，女孩默默地點了點頭。

然後，她拿起擺在床邊的手搖鈴，搖出了一段節奏。

那應該是用來呼叫服務員的手搖鈴吧？

雖然我前世時在外國電影中看過這種東西，但還是頭一次看到有人實際使用。

話雖如此，女孩發出的鈴聲節奏不規則，聽起來總讓人覺得有些不安。

明明只是普通的手搖鈴，卻能搖出這種聲音，讓人能夠斷言這孩子的確沒有音樂才華，就某種意義上來說也很厲害。

說不定這反而是一種才能。

雖然我不想一直聽下去就是了。

「莉兒！快點停止那種聽了會發瘋的聲音！」

沒有事先敲門，房門就被猛然打開了。

站在門後的，是那個只有兩隻手的小女孩。

……我到底是用什麼標準在區分女孩子啊？

啊，不對。

更重要的是，對我原本以為是出現在夢中的女孩子實際現身了的這件事，我到底該做何反應？

這麼說來，難道那不是夢？

「哎呀，你醒了嗎？」

那女孩身後還帶著另外兩位女孩。

其中一位女孩很眼熟。

她就是那個有六隻手臂的女孩。

雖然她現在看起來很正常，只有兩隻手就是了。

「蘇菲亞，我覺得沒敲門就闖進男士的房間不太禮貌喔。一名淑女做出這種行為，就算被人在背後指指點點也怪不得別人喔。禮儀課準備補習吧。」

女孩子又變多了……

在感到有些厭煩的同時，我看向新出現的女孩。

下一瞬間，一股難以言喻的強烈寒意向我襲來。

「嗚……！什麼！」

她看起來只是普通的女孩子。

雖然比周圍的女孩子們年長，但看起來也頂多只有十歲出頭或十五歲左右。

但這女孩在我眼中卻像是個可怕的怪物。

光是看到她，就讓我心跳加快。

「哦……沒用鑑定就能看穿我的實力嗎？小子，你有前途喔！」

少女爽朗的笑容，讓我聯想到凶狠的食肉野獸。

雖然身體想要順從本能趕緊逃走，但現在的我似乎被綁住了，想逃也逃不掉。

「哼！」

「咕哇！」

我突然被丟到地板上。

「居然敢無視我，你好大的膽子！」

掀開棉被把我丟到地板上的犯人霸氣地站立在我面前。

回顧剛才的對話，這女孩應該就是蘇菲亞了。

其他小女孩都很安分，就只有她最吵。

「蘇菲亞……」

「還不是因為這傢伙不把我放在眼裡。他一直看著愛麗兒小姐，看都不看我一眼，這種事情可以原諒嗎？不，我絕不原諒。」

「……嫉妒的影響稍微出現了嗎？呃……總之，妳可以先稍微冷靜一點嗎？這樣我們沒辦法好好交談。」

名叫愛麗兒的少女稍微瞪了蘇菲亞一眼，唸了她幾句。

看來在場地位最高的人似乎是這位愛麗兒小姐，被瞪的蘇菲亞小姐身體抖了一下後，就乖乖閉上嘴巴了。

「那……我們可以來談談了嗎？」

我無權拒絕。

因為被她的氣勢壓倒，我開不了口，只好默默地點頭。

「這樣啊……真是太好了。總之，第一道難關算是克服了吧。你好像已經恢復理智，這真是再好不過了。而且你好像聽得懂人族的語言，這樣第二道難關也克服了。」

愛麗兒小姐開朗地笑了。

雖然我不是很明白她這些話的意義，但看來對我而言似乎不是壞事。

「那……我看你這樣應該也不方便說話，還是先幫你鬆綁……啊，小白不在這裡，好像解不開耶。」

愛麗兒小姐靠向倒在地板上的我，伸手碰觸綁住我的絲。

雖然綁住我的絲相當細，卻纏了好幾層，把我變得像是毛毛蟲一樣。

難怪我會動彈不得。

「不行，操絲術不管用。想要扯斷應該也沒辦法，用火燒又太危險了，不能這麼做。不過，我想只要小白回來，應該就能夠解開了。蘇菲亞，妳說小白不知道跑去哪裡後就沒回來了對吧？」

「對，她什麼都沒說就不知道跑去哪裡了。我明明告訴過她，出門的時候要先跟我報備一聲她要去哪，結果她還是丟下了我！」

蘇菲亞小姐歇斯底里地叫了出來。

「啊……好啦好啦。看來如果不趕快處理一下，可能會有些不妙……梅拉佐菲，你可以先握住蘇菲亞的手嗎？」

「遵命。」

一名男子無聲無息地走到前面，讓我嚇了一跳。

原來有這個人嗎！我完全沒發現這個人在場。

雖然這一方面也是因為其他人的存在感太強烈，但就算是這樣，也不至於讓人完全感覺不到氣息吧？

「大小姐，請把手給我。」

聽到那位名叫梅拉佐菲的男子這麼說，蘇菲亞乖乖握住他的手。

不光是這樣，她還用雙手緊緊抱住梅拉佐菲的手，還整個人靠上去用臉頰磨蹭。

雖然我覺得她就像是向主人撒嬌的貓，但要是誠實說出感想，天曉得會發生什麼事情，所以我決定保持沉默。

「很遺憾，現在好像沒辦法替你鬆綁，雖然對你很不好意思，但我們就這樣說話吧。」

愛麗兒小姐一邊這麼說，一邊輕輕舉起我的身體，把我放回床上。

還細心地把掀開的棉被蓋回去。

「謝謝妳。」

聽到我道謝，她不知為何露出驚訝的表情。

「呃……怎麼了嗎？」

「啊……沒什麼。只是你跟我想像中的不太一樣，讓我有些驚訝。」

可愛地清了清喉嚨後，愛麗兒小姐開口說話了。

「那……我就先重新自我介紹一下吧。我叫愛麗兒，那邊那個正在撒嬌的傢伙是蘇菲亞，被她糾纏的傢伙是梅拉佐菲。然後，這三個傢伙分別是莎兒、莉兒與菲兒。我們還有小白與艾兒這兩位同伴，但她們現在都不在這裡，下次有機會再介紹給你認識吧。話說回來，因為還得靠小白替你把絲解開，要是沒機會的話就麻煩了呢。」

愛麗兒小姐依序告訴我眾人的名字。

因為人數眾多，我有些擔心自己能不能一口氣全部都記住，但他們每個人都這麼有個性，應該也很難搞錯人吧。

就只有名叫莎兒、莉兒與菲兒的三位女孩，因為名字很像，讓我覺得有些難記。

難道她們是姊妹嗎？

總覺得她們那種有如工藝品般的容貌看起來都差不多。

「我叫拉斯。」

既然對方已經自我介紹，那我當然也該報上名號。

現在的我名叫拉斯。

不管是笹島京也，還是拉茲拉茲，我都沒有資格如此自稱。

「嗯。那我就直接問了，你還記得多少事情？」

「記得多少？」

面對愛麗兒小姐的問題，我沒辦法馬上回答。

雖然我剛才清醒後也曾想過這個問題，但我的記憶從途中開始就變得跟在半夢半醒之間一樣，一點真實感都沒有。

到底哪些是現實，哪些又是虛幻？

還是說，因為我以為是虛幻的蘇菲亞小姐等人真的出現在眼前了，所以那一切全都是現實？

我不知道答案。

「我不知道。」

我誠實地回答不知道後，蘇菲亞小姐發出殺氣瞪了過來。

「蘇菲亞，退下！」

在蘇菲亞小姐開口說話之前，愛麗兒小姐就出聲制止了。

這讓蘇菲亞小姐收起殺氣，然後像是在鬧彆扭一樣抱住梅拉佐菲的身體。

「不好意思，一直打斷你的話。然後，我猜你應該也知道自己因為憤怒這個技能而失去理智到處作亂，我會把我們知道的關於你的事蹟告訴你，你稍微整理一下思緒，看看自己還記得多少吧。」

語畢，她說出了我至今為止的所作所為。

包括我在被稱為帝國的國家，被人稱作特異種巨魔引起騷動的事情。

以及我被帝國軍趕跑，在逃亡地點消滅一群妖精的事情。

這些事情我還記得很清楚。

不過，我還是頭一次聽說，原來當我敗給那位老騎士與老魔法師之後，我以為是在埋伏我的那群人其實是妖精，而且跟這一連串事件完全無關。

後來，我在魔之山脈跟蘇菲亞小姐等人交戰。

然後，經過一番曲折後，我再次跟蘇菲亞小姐以及人不在現場的白小姐交戰。

我在當時被她們擊敗，因為憤怒被封印而恢復理智，被帶到這個地方。

我還依稀記得這些事情。

「嗯……也就是說，其實你並非完全記不得那些事情對吧？」

「既然這樣，那就讓我揍你一拳！因為我無法原諒你對我們做過的事情！」

蘇菲亞小姐抱著梅拉佐菲大喊。

的確，如果剛才那些話屬實，那我就是突然襲擊了無辜的蘇菲亞小姐等人。

而且還差點害死她們。

別說是揍一拳了，就算被殺掉也不能有怨言。

「蘇菲亞，退下！」

「愛麗兒小姐，我無所謂。因為我確實做了那麼過分的事情。」

愛麗兒小姐想要出面制止，但我委婉地拒絕了。

「啊……不行不行。因為要是被這女孩揍，你必死無疑。」

可是，她回給我令人意想不到的話。

……這麼說來，如果愛麗兒小姐說的那些事情是真的，就表示蘇菲亞小姐能夠跟發動憤怒的我打得不相上下。

我的能力值會那麼強大都要歸功於憤怒的效果，如今憤怒已經被封印了，要是被能夠跟之前的我打得有來有往的蘇菲亞小姐揍上一拳，我說不定真的會死掉。

不，既然愛麗兒小姐敢如此斷言，那我就真的會死。

「事情就是這樣，我不准妳揍他。梅拉佐菲，你抱緊她。」

蘇菲亞小姐原本還有話想說，但聽到愛麗兒小姐這句話後，整個表情都亮了起來。

相較之下，這次換成梅拉佐菲露出有話想說的表情。

可是，也許是放棄反抗了，他默默地蹲了下去，輕輕抱住蘇菲亞。

……總覺得這裡的人際關係好像有些複雜。

「呃……我們說到哪裡了？啊，我想起來了！我們說到你多少還記得一些事情這件事！那……既然你還記得那些事情，那應該也記得小白的模樣吧？」

被她這麼一說，我試著回想。

根據她的說法，那位小白就是跟蘇菲亞小姐在一起的女性。

可是……咦？等一下。

如果這些記憶正確無誤……難道那種事情真的有可能發生嗎？

「若葉同學？」

「答對了！」

我小心翼翼地說出那個名字，而愛麗兒小姐肯定了我的猜測。

這讓我在各種意義上嚇到了。

因為我實在太過驚訝，甚至連自己為何那麼驚訝都搞不清楚。

「然後，根據那位小白的證詞，你就是笹島京也對吧？」

因為驚訝過度，我反倒冷靜了下來。

儘管依然驚訝不已，我還是點頭表示肯定。

「是嗎？那我就告訴你吧，你原本的同班同學好像全都轉生到這個世界了。不過，我並沒有親眼確認過，只是聽別人說的，所以實際情況我也不清楚。」

雖然嘴巴上這麼說，但愛麗兒小姐似乎不認為那是錯誤的情報。

換句話說，情報來源應該相當可靠吧。

「然後蘇菲亞就是根……」「愛麗兒小姐！」「……反正遲早都會曝光，一開始就講明白不是比較好嗎？其實蘇菲亞也是轉生者，前世的名字是根岸彰子。」

雖然被蘇菲亞中途打斷，但愛麗兒小姐還是說出了這個祕密。

根岸彰子——

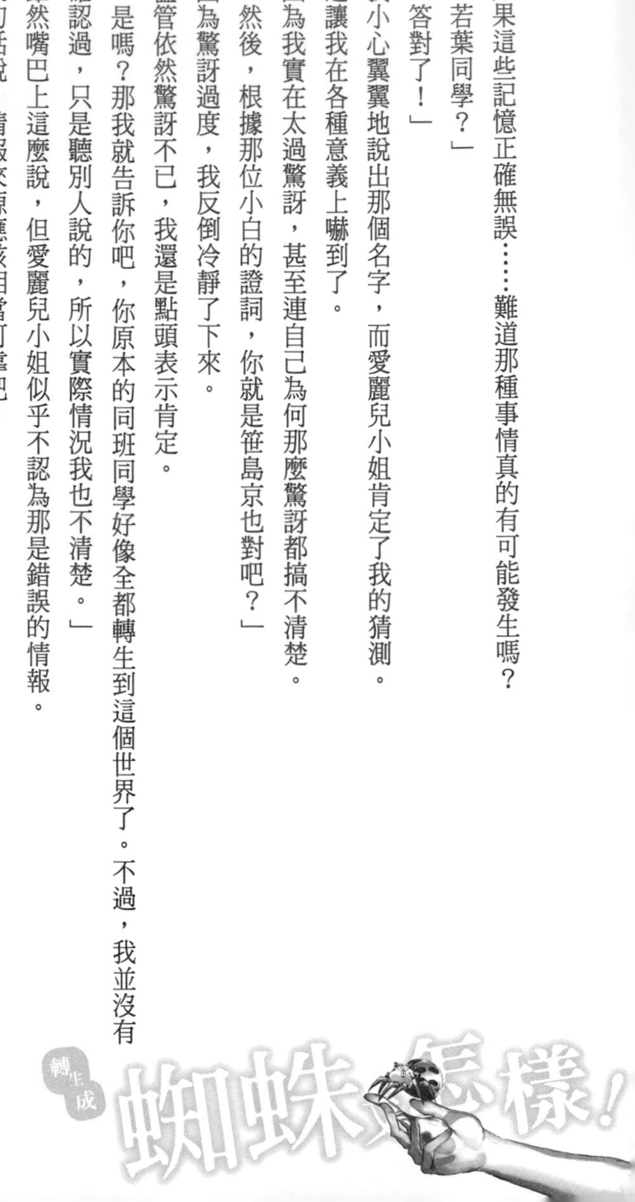

我當然記得。

只不過，她給人的印象跟前世的根岸同學差了很多。

「嗚嗚～！」

蘇菲亞依然抱著梅拉佐菲，忿忿地看著這裡。

就算她用那種眼神看我也沒用吧。畢竟說出她前世身分的人又不是我，而是愛麗兒小姐。

「不過，別問我除了蘇菲亞跟小白以外的轉生者的事情喔，因為我也不知道。只不過，我剛才稍微提到的妖精似乎很想得到轉生者，蘇菲亞也被他們襲擊了好幾次。所以，那些傢伙說不定擁有關於其他轉生者的情報，但我不建議你去接觸他們。」

「這樣啊……」

我還在想搞不好能打聽到關於俊和叶多的情報，但看來事情沒有那麼簡單。

「那個……我可以問個問題嗎？」

「嗯？什麼問題？」

「為什麼我們會來到這個世界？」

雖然這個問題感覺有些抽象，但愛麗兒小姐還是正確地讀出了我的想法。

「大概是神的一時興起吧。」

我們還活著。

其中沒有明確的解答。

總覺得她就是這個意思。

在那之後，雖然愛麗兒小姐還想繼續說下去，但蘇菲亞小姐終於忍不住開始吵鬧，結果愛麗兒小姐面無表情地看著蘇菲亞小姐，伸手抓住她的後頸，把她攆了出去。

梅拉佐菲也連忙追了上去。

過了一段時間後，只有愛麗兒小姐一個人回來。

我想還是別問她到底發生了什麼事吧。

「我想你應該也需要整理一下思緒，今天我們就說到這裡吧。總之，你可以一直待在這裡，也可以趁機想想今後的計畫。」

愛麗兒小姐繼續說了下去。

「然後，關於這個世界的事情，你只要問禁忌就會知道了。」

留下這句話後，愛麗兒小姐就離開了。

房裡只剩下從一開始就待在這裡的莉兒。

莉兒似乎把我當成空氣，有時候會望著虛空揮手。

難不成那裡有什麼東西嗎？

雖然我什麼都看不見……

話說回來，禁忌啊……

我經過接二連三的進化與升級，禁忌的技能等級在不知不覺中升到最高了。
愛麗兒小姐說得沒錯，只要問禁忌，就能大致搞懂這個世界的情況。
那是需要花時間仔細研究的內容。
……雖然我不是很想看那些內容就是了。
即使如此，我還是得看。
因為那些都是目前我所生存的世界的事情。
生存啊……
既然會有這種想法，就表示我還想要活下去嗎？
自從殺掉布利姆斯之後，我一直都在苟且偷生。
在苟且偷生的這段期間，我殺了許多無辜的人。
愛麗兒小姐客觀地說出了我的所作所為。
那正是魔物的行為。
只任憑怒火到處破壞，威脅無辜民眾的生活，奪人性命。
這太沒道理了。
在對方眼中，沒有比這更沒道理的事情了。
我做出了自己最痛恨的事情。
我真是糟透了。

糟糕透頂的我，真的有資格活下去嗎？

我不但失去活著的意義，還背負著罪過，即使如此也想活下去嗎？

我不知道。

只不過，我也不想一死了之。

隔天，愛麗兒小姐再度造訪。

這次只有她一個人。

也許她是認為要是蘇菲亞小姐在場會不方便談話吧。

「嗨～感覺如何啊？」

「抱歉～小白依然下落不明，你可能要繼續維持那種狀態一段時間。雖然會很不方便，但你就忍耐一下吧。」

愛麗兒小姐發自內心感到抱歉地如此說道。

雖然我昨天也花了一整天的時間，努力嘗試能否脫逃，卻完全無法掙脫。

這些絲到底是用什麼材料做成的？

強度超級驚人。

雖說生活上很不方便，但因為莉兒昨天的殷勤照顧，我並沒有遇到什麼問題。

除了讓小女孩幫我處理排泄物讓我覺得很丟臉之外。

除了被小女孩餵食讓我覺得很丟臉之外。

……這樣果然還是會產生很多問題。

「嗯……這種絲應該還是會怕火，如果把絲燒斷，你或許就能掙脫，可是……」

「那就麻煩妳動手吧。」

「可是，雖說這種絲怕火，但還是需要不小的火力，你會被燒傷喔？」

「還是麻煩妳動手吧。」

因為我強烈的希望，愛麗兒小姐用火把絲燒斷，成功替我鬆綁了。

雖然我受了絕對不算輕的燒傷，但因為我有HP自動恢復這個技能，只要過一段時間就會恢復了。

這遠遠好過在那種狀態下繼續玩羞恥PLAY。

「非常感謝。我覺得自己總算是自由了。」

「嗯。真是不好意思。」

雖然愛麗兒小姐不需要為此道歉，但我看起來似乎因此變得相當神清氣爽，讓她忍不住道歉。

「對了，你剛重獲自由就問這個可能有點快，但你今後有何打算？」

「今後……嗎？」

「是啊。要是有什麼我能幫得上忙的地方，我很樂意提供一定程度的協助。就算你要待在這裡也行喔。如果你不知道自己想做什麼，也可以暫時待在這裡，我不會要求任何代價的。」

「妳為什麼要對我那麼好？」

愛麗兒小姐對我太好了。

而我可是差點就殺掉蘇菲亞小姐她們的人。

「這個嘛……一半是出於同情，一半是出於算計吧。」

面對我的這個問題，愛麗兒小姐若無其事地如此回答。

「關於同情的部分，是因為我大致猜得到你的過去，覺得你會得到憤怒也是沒辦法的事，所以能夠同情你。至於算計的部分，是因為只要善待轉生者，就不會惹神明不高興，搞不好還能因此受到厚待……不過我對這部分其實沒有抱太大的期待。」

因為知道我的過去，所以同情我嗎？

雖然不曉得她知道多少，但我不曾說出自己的遭遇。

雖然不曉得這些話是真是假，也不曉得她到底知道多少，但那些事情似乎值得讓她感到同情。

這樣啊……原來我的遭遇值得別人同情啊……

對此，我總有一種事不關己的感覺。

然後是算計的部分。

她說只要善待轉生者，說不定就能得到神明的厚待。

昨天，我問了「我們為什麼會活在這個世界？」這個問題，而愛麗兒小姐說那是神的一時興起。

雖然我以為這個回答有著隱含的意義，但看來事情並非我想的那樣。

因為神真的存在。

有一位貨真價實的神，在這個世界創造出系統這種東西。

既然如此，就算神明大人一時興起讓我們活在這個世界，也不是什麼不可思議的事情。

此外，神明大人似乎很中意我們這些轉生者。

所以愛麗兒小姐才會善待轉生者。

這確實可說是一種算計。

「自己今後有何打算……老實說，我還不知道答案。」

我已經失去活下去的意義了。

也沒有想去做某件事情之類的願望。

整個人空空如也。

而我空洞的內心裡，就只裝著滿滿的罪過。

「愛麗兒小姐。」

即使如此，我現在依然活著。

而且不打算去死。

「為了這個世界，我能夠做些什麼嗎？」

我想繼續活下去。

在這個即將毀滅的世界。

雖然這算不上是贖罪，沒有那麼了不起，但既然要繼續活下去，我想去完成些什麼事情。

7 抵達日本

月光依稀照亮了教室內部。

雖然對發動了透視與夜視的我來說，就算光線這麼微弱也能看得一清二楚，但換作是普通人的話，或許會覺得一片黑暗，什麼都看不到。

教室裡空無一物。

沒有桌子，沒有椅子，什麼都沒有。

教室這種學生上課的地方空無一物，反而證明了這裡曾經發生過某些事情。

教室的前門與後門都緊緊關著，我用透視看到外側掛著寫有「禁止進入」的告示牌。

我試著把手放到門把上，但門似乎上鎖了，依然關得緊緊的。

彷彿是要把發生在這間教室裡的事件封印起來，不讓外人知道一樣。

我有一瞬間生了想用蠻力把門撬開的念頭，但要是動作太大，搞不好會被保全公司發現。

我打消到校內閒晃的念頭，用透視看向校外的馬路，確認那裡沒人後就轉移過去。

回頭一看，便能看到那棟平凡無奇、隨處可見的校舍。

平進高中——

轉生者們前世就讀的高中。

我心中並沒有歷劫歸來的感覺。

可是，我現在就在這裡。

身在名為地球的星球，來到名為日本的國家。

自從邱列邱列說我能夠離開這顆星球，隨後D又叫我趕快去見她後，我心中便有了轉移到日本這樣的念頭。

只要在腦海中想著想去的地方，我就能夠發動轉移。

這一點在轉移到艾爾羅大迷宮後便得到了證實。

雖然我很懷疑自己能不能轉移到今世不曾去過的地方，但如果把邱列邱列和D所說的話照單全收，那答案就是可以。

如果辦不到的話，他們就不會那麼說了吧。

因此，再來就只剩下付諸實行而已了。

……老實說，我也不是完全不曾有過離開那顆星球的想法。

如果是現在這個因為神化而從名為系統的枷鎖中解脫的我，只要想做就能做到。

與其一直待在那種快要死掉的星球上，還不如趕快搬到其他星球要有建設性多了。

雖然魔王相當照顧我，但就算扣掉這點，拋下一切離開那顆星球，也還是對我比較有利。

畢竟我最看重的還是自己的性命。

一點都沒有寧可捨棄生命也要留在那顆星球上的想法。

因此，在得知可以轉移離開時就馬上離開，照理來說才是正確的選擇。

而我沒有那麼做，純粹只是因為害怕。

雖說可以用轉移離開，但除了那顆星球之外，我能去的地方也就只有一個。

那就是這顆地球上的日本。

就算我的轉移能力再怎麼強大，也沒辦法前往不曾去過，也不曾見過的地方。

只能前往自己前世時待過的地球。

然後，一旦來到這裡，我就無法避免地會知道那件事情。

知道我一直不願面對的真相。

這就是我害怕的事情。

因此，我假裝忘記自己可以用轉移來到這裡，一直在延緩這一刻的到來。

因為我還沒辦法完全駕馭魔術。

因為我還有想做的事。

因為我還……我還……我還……

雖然我一直像這樣找藉口拖延，但也已經到了極限。

我不能一直逃避下去。

被D叫來這裡說不定是個好機會。

或許她正是算到這點才會把我叫來也說不定。

為了讓心情平靜下來，我做了深呼吸。

空氣的味道不一樣。

比起充滿生物鮮血與鬥爭的味道的那顆星球，這裡充滿了科學與悠閒和平的味道。

至於我到底想說什麼，那就是廢氣的味道很臭。

雖然我並沒有特別強化嗅覺，但因為另一邊完全沒有這種臭味，讓我敏感地感受到了差異。

有一句話叫做「好像來到另一個世界一樣」而事實上也真的是如此。

在陷入感慨的同時，我仰望天空。

夜空中掛著繁星，以及僅有一顆的月亮。

星星的排列位置不一樣，月亮也不一樣。

所有的一切都不一樣。

這讓我有種疏離感。

這裡明明是我的故鄉，我卻有種彷彿身在敵營般的緊張感。

事實上，我覺得這樣形容應該也沒什麼不對。

……我不能一直站在這裡發呆。

就算繼續拖延時間也沒有意義。

我將視線從天空移回前方，邁開腳步。

開始前進沒多久後，路上的行人就多了起來。

由於平進高中就蓋在離車站不遠的地方，只要稍微走一段路，就能來到車站前面的熱鬧街道。

雖說已經是晚上了，但路人還是很多。

雖然有幾個人在擦身而過時偷瞄了我一眼，但反正他們沒有向我搭訕，所以我也沒有理會。

我姑且換上了就算來到日本也不會讓人覺得奇怪的服裝。

因為我平常穿的奇幻世界服裝太過顯眼了。

即使如此還是很引人矚目，是因為我的容貌本來就顯眼，這也是沒辦法的事情。

現在的我算是非法居留，要是有人去找警察就麻煩了，但只要沒有發生那種事，就算會稍微引人矚目，我也只能認了。

在站前街走著走著，我突然心血來潮，走進便利商店。

我隨便拿起一本雜誌，確認封面上的期數。

看到上面的日期，雖說早有預料，但我還是有些驚訝。

我在另一邊明明已經過了超過五年的地球時間，但這裡還只過了半年而已。

兩邊的時間流逝速度似乎不一樣。

這是因為特殊相對論的緣故嗎？

不，我只是隨便說說罷了，其實我根本不懂什麼特殊相對論，不太清楚這是怎麼回事。

不過，用物理學去探討一個有魔力的世界，好像也沒什麼意義。

話說回來，半年啊……

難怪這裡的景色跟我記憶中的沒差多少。

如果過了五年左右的時間，街景應該會有所改變才對，但我完全看不出變化，心裡一直覺得很奇怪。

發現疑點的我跑去確認，結果就跟我想的一樣。

我還順便把漫畫週刊全部站著看完，然後什麼東西都沒買就走出便利商店。

咦？你叫我去買點東西？

本小姐現在身無分文啦，有意見嗎？

而且因為我一直閉著眼睛看漫畫，搞得店員一直用狐疑的眼神盯著我看。

我只好匆忙閃人。

嗯。

就算是在地球，透視能力也能正常使用。

魔術並沒有因此不能使用。

如果魔術無法使用，我就無法發動轉移，早在我平安抵達這裡時，就可以肯定沒有這個問題了。

雖然在小說之類的創作中，經常會出現因為地球沒有魔力，所以魔術才不發達這樣的設定，但看來事情並非如此。

我不曉得為什麼地球沒有發展出魔術這種技術。

雖然這可能是某人暗中操控的結果，但那種事情跟我無關。

要是無法使用透視能力，我就必須睜開眼睛了。

雖然在另一個世界還有辦法矇混過關，但要是在這裡被人看到這雙眼睛，肯定會引起不小的騷動。

那會讓我有些困擾。

如果有太陽眼鏡或許就能解決這個問題，但我並沒有那種東西。

我只能將錯就錯，就這樣閉著眼睛行動。

你說這樣很可疑？只要沒人報警就行了啦！

反正我也不打算在這裡待太久。

假如我真的需要在這裡長期居留，那就到時候再來思考對策就行了。

現在似乎正好是下班下課的尖峰時段，車站前面的行人很多。

為了避開人潮，我往沒人的方向走去。

從車站前走到住宅街。

這裡的行人比起車站前來得少，也看不到店家了。

我繼續走向住宅街的深處。

即使步伐沉重，我也沒有停下腳步，繼續走了下去。

距離並沒有很遠。

雖然距離反倒算是近的，但現在的我還真希望距離遠一點。

我抵達了目的地。

我來到的地方，是一棟靜靜坐落在兩棟住宅之間的房子。

那是棟平凡無奇的房子，屋齡大約在十年左右。

門牌上的姓氏是「若葉」。

我打開柵門，走到大門口。

大門口旁擺著一盆盆栽，我把手指放進盆栽裡的觀葉植物的樹根隙縫之間。

裡面藏著鑰匙。

我用那把鑰匙打開大門。

家裡安靜無聲。

跟我記憶中的一樣，在門後不遠的地方有通往二樓的樓梯。

樓梯旁邊是通往一樓深處的走廊。

我毫不猶豫地上到二樓。

爬到二樓後，便打開旁邊的第一扇門。

從房間裡傳來電腦運作的細微聲響。

螢幕上顯示著遊戲的畫面，一位禿頭大叔正華麗地避開敵人的攻擊。

每當禿頭大叔進行閃躲，遊戲手把發出的聲響便響徹屋內。

「歡迎光臨。還是說，我該說聲『歡迎回來』比較好呢？」

握著遊戲手把的少女頭也不回地這麼說。

我沒能馬上答話，注視著少女的背影和遊戲畫面。

禿頭大叔攻擊敵方怪獸，成功擊敗了敵人。

螢幕上大大地顯示出「恭喜過關」這幾個字。

趁著這個機會，少女放下遊戲把手，回過頭來。

「這是我有生以來第一次來到這裡。所以，妳應該說歡迎光臨才對。」

我輕易地說出這些話，真不可思議。

而我很清楚其中的理由。

因為面對這名少女，根本不需要考慮該說什麼。

「妳好，初次見面……我這樣說沒錯吧？真正的若葉姬色小姐。還是說，我該叫妳D比較好？」

回過頭來的少女跟現在的我長得一模一樣。

雖然她的頭髮與眼睛都是黑色，頭髮也放了下來，但其他地方幾乎都一樣。

此外，頂多就是表情稍微有所不同。

「很高興見到妳，我的替身。」

我的原型面無表情地如此說道。

我一直很害怕知道真相。

害怕知道自己其實只是個冒牌貨的真相。

QUEST CLEAR!

邪神不嗤笑

「「我開動了。」」

在若葉家一樓的餐桌，我和D面對面坐著吃泡麵。

因為現在正好是晚餐時間，D提議「要不要吃點什麼？」結果就變成這樣了。

至於我們為什麼吃泡麵，答案是因為這間屋子裡沒有什麼像樣的食物。

呃……

在我的記憶中，自己確實總是吃泡麵或超商便當，沒吃過什麼像樣的東西。

實際見到這樣和記憶相符的光景，讓我有種難以言喻的心情。

啊，泡麵超好吃耶。

這種另一邊吃不到的複雜調味真的超棒。

因為辛香料之類的緣故，另一邊的料理都沒有太過複雜的調味。

所以像泡麵這種一吃就知道加了很多調味料的味道，讓我覺得很懷念。

不過，就算心中覺得懷念，那些記憶也不是我的。

我們兩人默默地吃著泡麵。

我跟D的食量都不大，吃東西的速度也很慢。

我們花了比平常人多上兩倍的時間，慢慢地吃光泡麵。

在此期間，雙方都不發一語。

儘管沉默持續了很長一段時間，卻不會令人感到尷尬。

畢竟我的神經很大條，不會因為在意別人的感覺而感到尷尬，D則是連有沒有感情這種東西都不知道。

自從我見到D之後，她的表情還不曾有過變化。

雖然我知道自己沒資格說別人，但D比我還要誇張。

那表情就像是能面具一樣，讓人完全感覺不出感情的變化。

甚至讓人懷疑她是不是真的毫無感情。

事實上，她可能真的沒有感情。

雖然我早就覺得她是個高深莫測的傢伙，但實際來到本人面前，這種感覺又變得更強烈了。

不管一個人怎麼做表面功夫，言行舉止還是會透露出那個人的本質。

說出的話語。

視線的動向。

肢體語言。

即使是這些細微的線索，只要一項一項結合在一起，就自然能看出那個人的為人。

就算對方是魔王或邱列邱列這樣的超人，這點也不會改變。

雖然因為跟身為我的平行意識之一的身體部長融合，讓魔王的個性看似改變了，但她的本質並沒有改變。

跟我不一樣，她依然是個個性正直的超級大好人。

只要相處的日子久了，就能明白那個人的為人，但就算相處的時間不長，應該也能找到一些線索才對。

而D沒有那種東西。

不管是她說出的話語、視線的動向，還是肢體語言……

我全都無法理解。

我沒辦法從中看出任何事情。

這並不代表她跟機器人一樣毫無人性，看不出一點感情。

反倒是正好相反。

她的一舉一動都充滿人味，給人一種優雅的感覺，光是看著就會深受吸引。

可是，我卻完全看不出那些動作中蘊含著什麼樣的意圖。

明明看得到那些動作，卻無法理解其中的意義。

看似人類的某種東西把自己偽裝成人類。

我只有這樣的感想。

明白到這點後，我便放棄理解D了。
因為這不是我能理解的東西。
我敢說就算勉強自己去理解，到頭來也只會白費力氣。
無法理解的東西就是無法理解。
D對我來說就是無法理解的東西。
如果不認清這點再與她接觸，我就覺得自己快要瘋掉了。
所謂的SAN值降低，大概就是這麼回事吧……
真不愧是邪神。
光是跟別人說話，就能讓對方的理智降低。
我們同時吃完泡麵，雙手合十。
「「我吃飽了。」」
「麻煩妳把垃圾跟筷子放在洗碗槽裡面。」
我按照指示把筷子跟泡麵的容器擺在洗碗槽裡面，然後跟她一起回到二樓。
D隨即開啟遊戲主機的電源，啟動一款格鬥遊戲。
「拿去。」
她遞給我的是大型街機的搖桿，簡稱大搖。
D手裡也拿著同樣的東西，在螢幕前面稍微旁邊一點的地方坐了下來。

我也同樣在螢幕前面坐了下來，剛好坐在D的旁邊。

然後我們開始對戰。

房裡有好一陣子都只有操縱搖桿發出的喀恰聲響。

對戰的結果是……我慘敗收場！可惡！

這也怪不得我吧！

我又沒有拿過大搖這種東西！

即使透過記憶知道了用法，雙手的操作也跟不上想法啊！

想打出昇龍拳都會變成波動拳！

為什麼我想要往後退步卻變成蹲下！

咕！連我都覺得自己玩得很爛！

即使如此，我還是在每次對戰中逐漸修正記憶與實際操作的落差，總算能玩得比較像樣了。

操作失誤不但減少許多，也變得能夠照著想法操縱角色了。

即使如此，我還是贏不了。

雙方的遊戲資歷差太多了。

D能夠以幀數為單位掌握角色的動作，以讓人懷疑是不是開了未來視的精確度預測我的行動。

順帶一提，我無法使用未來視。

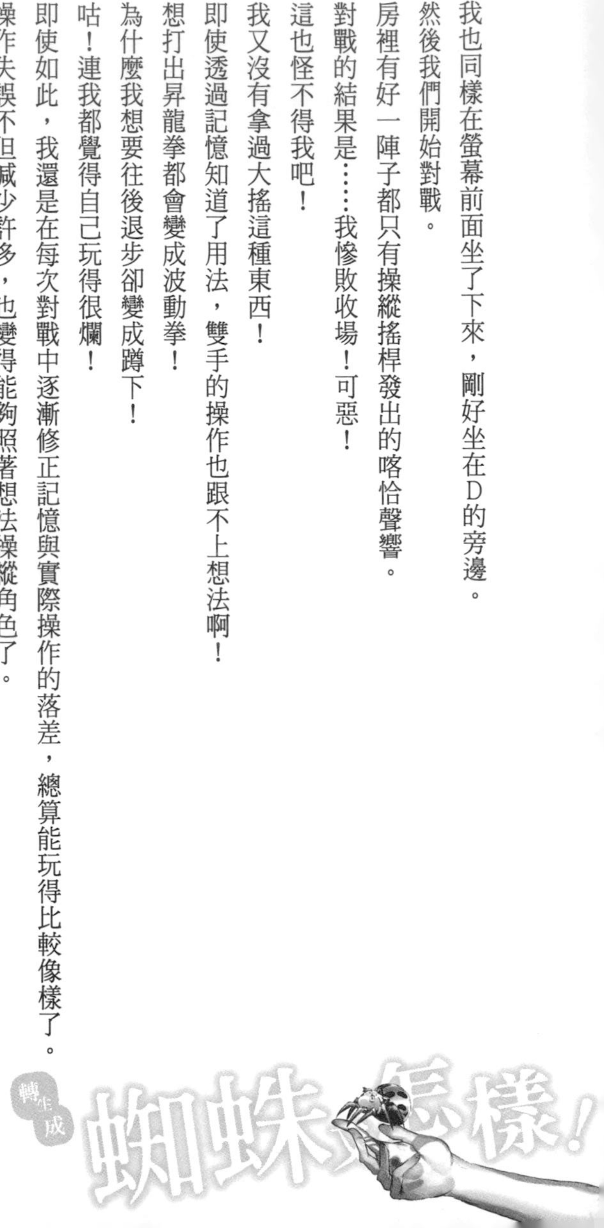

不，正確來說不是無法使用，而是無法靈活運用。

未來視這個技能是系統運用其強大的演算能力推導出來的高精度未來預報。

如果要靠著我一個人的力量執行那種事情，我的演算能力還不夠。

雖然不是完全辦不到，但要是那麼做的話，其他能力的效果就會變……不，是我會變得幾乎什麼都辦不到。

因此，我在這場對決中也無法使用未來視，但D好像也沒有使用未來視。

不但如此，從能量的流動來看，她完全沒使用任何魔術。

換句話說，這是她原本的實力。

就跟沒使用魔術時的我一樣，處於虛弱無力的狀態。

我這副身體毫無疑問是以D為藍圖創造出來的。

如果是這樣的話，她那種能在不使用魔術的狀態下把我打得體無完膚的實力，就單純只是出於我們經驗上的差距。

那副柔弱的身軀到底要練習多久，才能練就這樣的實力？

我無法不感到戰慄。

雖然我是指格鬥遊戲的實力就是了！

我們就這樣對戰到深夜，玩到差不多想睡覺時，D提議：

「妳要在這裡住一晚嗎？」

如果一直打輸會讓我很不甘心，我接受了這個提議。
在設定上住著雙親的空房間裡，我用絲做出速成版的家準備就寢。
明天一定要贏！
就算贏不了，至少也得拿下一回合的勝利才行！
……奇怪？
我到底是來做什麼的？
對了，我是來見D的。
嗯嗯嗯。反正已經見到她了，我的目的也算是達成了吧。
就算之後要玩格鬥遊戲也是我的自由吧。
……想不到我受到的打擊會這麼小。
我還以為見到D會讓我受到更大的打擊。
因為她會是證明我只是個冒牌貨的無法撼動的證據。
在見到本人的現在，我也只能承認了。
我是真正的若葉姬色，也就是D的冒牌貨。
我頭一次得知D的存在，是在取得睿智這個技能的時候。
當時，天之聲（暫定）說出了D的名字。
接著是第一次遇到黑的時候。

一支智慧型手機突然出現，自稱是D的傢伙的聲音從中傳出。
這就是我和D的第一次接觸。
之後她也經常干涉我的事情，每次都讓我感到畏懼。
我覺得自己與她無論如何都合不來。
神化之後，我才總算明白了其中原因。
神化為我的靈魂帶來了變革。
當時，我注意到有某種東西依附在自己的靈魂上。
那東西就存在於我的根源，也就是神性領域之中。
與其說是存在，不如說那東西吞噬了我，變成了名為我的存在。
那是若葉姬色的記憶。
覆蓋原本的我，最後取代了我。
我注意到這個事實所代表的意義。
原來我只是擁有若葉姬色記憶的其他存在。
發現這個事實後，過去一直感覺到的疑惑與不協調感，就像是失落的拼圖一樣全都組起來了。
當我被鑑定，我並不會顯示出名字。
吸血子被鑑定時明明會顯示出今世與前世的名字，我卻一直都沒有名字。

沒有顯示出若葉姬色這個名字。

技能點數很少也是因為這個緣故。

原本的我是低級生物。

所以代表部分靈魂之力的技能點數也很低。

而最關鍵的證據就是D這個人物，以及我的記憶中的齟齬之處。

D曾經說過。

因為D所在的教室裡發生爆炸，她才讓受到波及的其他學生轉生到這個世界。

然後，在我的記憶中並沒有可能是D的人物。

除了我自己，也就是若葉姬色之外。

仔細想想，我的記憶中有許多不容忽視的矛盾與空白之處。

我甚至不記得父母的長相。

儘管自認是個最底層的女生，卻覺得自己長得很漂亮。

關於個性的部分，記憶中與現況也有著明顯的差異。

於是，我總算發現D的真實身分，以及自己的真實身分。

有一隻蜘蛛在教室裡築了巢。

班上男生想要打死牠，卻被岡姊制止了。

不但如此，她還提議設立生物股長這個職位，派人照顧那隻蜘蛛。

結果，因為被選上的學生哭著拒絕，這個想法沒能實現。

那隻蜘蛛一直住在教室裡。

周圍全是比自己巨大的人類。

就算什麼時候死掉都不奇怪。

絕大多數的人類都冷落牠、討厭牠。

在這樣的環境中，牠拚命求生。

教室裡最底層的傢伙。

那就是我。

「「我開動了。」」

隔天早上。

烤好的吐司與一些冷凍食品出現在早餐的餐桌上。

就算不認真做料理也能端出像樣飯菜，文明的利器真是太棒了！

不過這具身軀的胃很小，吃不了太多，實在是讓我很難過！

只要是能吃的東西，Ｄ對味道與量並不是很在乎。

或許貪吃的程度正是我跟Ｄ最大的差別也說不定。

不過，這也不是無法理解的事。

當我在艾爾羅大迷宮裡從卵孵化出來後，我才能以明確的自我展開自己的行動。

兄弟的自相殘殺與老媽的存在感把我嚇得皮皮剉，讓我下定決心絕對不能死！這便是一切的開端。

雖然那也可能是我身為蜘蛛的求生本能，但正是因為有著這樣的開端，才會有現在這個努力求生的我。

然後，因為我後來在差點餓死的時候吃下了兄弟的屍體，才會養成「為了活下去，我什麼都吃！」這樣的貪吃個性。

如果沒有遇到那些事情，我說不定就不會這麼貪吃了。

然後，因為巢穴被人放火燒掉，我發現只有活下去是不行的，才會決定奮發向上。

之後我又經歷了各種事情，才變成現在的我。

剛開始時，我只是真正的若葉姬色的替身。

可是，在另一個世界的體驗造就了現在的我。

我確實是個冒牌貨，但我不斷累積起來的一切卻是貨真價實的東西。

只要這麼想，心情就能得到平靜。

就算遇到D我也沒受到太大打擊，雖然一方面是因為有事先做好心理準備，另一方面或許也是因為我心中有著「我就是我」這樣的信念。

「「我吃飽了。」」

神清氣爽地吃完早餐後，我把餐具擺在洗碗槽裡面。

然後前往二樓的房間。

現在是打電動的時間！

我們跟昨天一樣開始對戰。

可是，有件事跟昨天不一樣。

「妳邊玩邊聽我說。」

那就是D向我搭話了。

「為了獎勵成功來到這裡的妳，我就從頭把一切事情都告訴妳吧。」

她說要告訴我的事情，應該不是關於我們正在玩的格鬥遊戲的事情吧。

「事情的開端如妳所知，就是勇者與魔王用次元魔法對這個世界進行了干涉。」

這麼說來，我以前好像聽說過這件事。

我記得好像是前任勇者與魔王想要用次元魔法跨越空間做些什麼，結果失敗了。

失控的魔法在D——若葉姬色就讀的高中教室裡爆炸，餘波炸死了教室裡的學生與老師。

然後，D讓那些人轉生到另一個世界，變成所謂的轉生者。

「各位轉生者算是因為我才受到連累。都是因為我跑去玩青春高中生活遊戲，才會害得無辜的一般人為此犧牲。為了負起責任，我才會稍微給他們一些優待，並且讓他們轉生到另一個世界。到此為止可以理解嗎？」

等一下……

青春高中生活遊戲是怎麼回事？

難不成這位邪神大人只為了這種無聊的事情，就跑去假扮成高中生嗎！

D就為了這種無聊的原因潛入高中，那被她牽連的轉生者們豈不是……

嗯。她當然應該負起責任吧！

那些轉生者實在是太可憐了！

「到此為止都還好，因為雖然那是個不幸的意外，但我有好好地跟另一個世界的老大打過商量，負起責任了。雖然我無法否認自己覺得那樣會比較有趣……」

等一下……

責任什麼的果然只是藉口，她那麼做主要還是因為覺得有趣不是嗎？

不愧是邪神，在各種方面都很過分。

「可是，這就造成了一個問題，那就是該怎麼處理我的空缺。」

嗯？D的空缺？

雖然聽到了莫名其妙的詞彙，但只要安靜聽著，她應該就會說明，所以我繼續聽下去。

「我用若葉姬色這個假名就讀那間高中。我的偽裝完美無缺，不但確實有著戶籍，即使在靈魂管理上，若葉姬色也是真實存在的人類。」

嗯……？

雖然我不是很懂靈魂管理是什麼意思，但既然她把那說得跟戶籍一樣，難不成靈魂也跟戶籍一樣被登記在某個地方嗎？

原來我們一直在不為人知的神明網路中被管理著嗎！

真……真的假的！

……搞不好真的有這種事，這才是最可怕的地方。

還有，雖然不是很重要，但若葉姬色似乎只是假名。

是假名並不讓人意外，但在自己的名字裡取個「姬」字，這種命名品味到底是怎麼回事？

「因為我的部下很優秀，只要靈魂的流向稍有不對，就會立刻趕來。如果事情變成那樣，那好不容易才蹺掉工……咳哼！應該說是為了進修而跑來體驗一般人生活的我，就會被他們強制拖回去。而那會讓我有些困擾。」

等一下……

她剛才是不是想說她蹺掉了工作？

而且，她後來改口的那些話，是不是沒辦法掩飾什麼？

居然還說會被強制拖回去……

妳是逃家少女嗎！

啊……總覺得頭開始痛了起來。簡單來說，就是D丟下工作偷偷跑出來玩，說什麼想玩青春高中生活遊戲，假扮成人類跑去上學。

太扯了吧……

「在那間教室裡死掉的人一共有二十六個。可是如妳所見，我還活得好好的。我不可能親自跑去另一邊的世界，但要是不採取任何對策的話，我就會被部下找到，然後被抓回去工作。為了息事寧人，就需要有一個存在代替我轉生到那個世界，彌補缺少的那一人份的靈魂。說到這裡，妳應該知道那是誰了吧？」

嗯，我知道。就是我吧。

那個……那個……等等？

啊……嗯……呃……

現在到底是怎樣？

如果把靈魂管理或其運作機制之類的難懂問題擺到一邊，簡單來說就是這麼一回事嗎？

因為蹺班出來玩耍的D不想被人拖回去，便準備了一個替身，而那個替身就是碰巧住在那間教室裡的蜘蛛，也就是我。

好無聊！

我的存在意義太無聊了吧！

難道我就是為了這種無聊的理由誕生的嗎！

太扯了……

太扯了……

這真是太扯啦！

「為此我可是費了不少功夫喔。為了讓普通的蜘蛛偽裝成人類，我下了不少苦功。為了以防萬一，我還捏造出若葉姬色這名人類的記憶，移植到妳身上。不過，因為把妳的靈魂總量加到跟人類一樣多就太無趣了，所以我幾乎沒有加量，而是改用障眼法解決問題，但工作量也因此變多，可說是自作自受。雖說妳應該馬上就會死掉，但畢竟我都已經做到這種地步了，所以還是堅持不能偷工減料。拜此所賜，情況遠遠超出我的預期，變得有趣了起來，結果可說是非常成功呢。」

該怎麼說呢……看到D得意洋洋地解說的模樣，從我心中湧出的這種感情到底是什麼？

我好想……好想賞她一巴掌。

「因為原本的妳是蜘蛛，所以我讓妳轉生成蜘蛛型魔物，結果剛好讓妳跟那個世界的其中一位重要人物有了血緣關係。雖然我只是因為想找個環境嚴峻的出生地點，讓妳生為一隻蜘蛛型魔物，又因為剛好在那個時期，才把妳丟到艾爾羅大迷宮裡面，但結果卻好到不能更好的地步。當時做出那種選擇的我，真是幹得漂亮。」

D面無表情地稱讚自己幹得漂亮。

我好想……好想賞她一記頭槌。

她越說我就越是明白，自己誕生的祕辛是多麼慘烈。

就算她挺起胸膛，一直強調自己有多麼努力，但其實就只是因為不想回去工作，才努力隱瞞真相不是嗎？

就跟因為不想做暑假作業，就硬是告訴媽媽自己做完了的小孩子一樣！

難道她不知道做那種事只不過是在拖延時間，等到東窗事發，下場只會變得更為悽慘嗎？

雖然這傢伙很可能是明知故犯就是了。

只因為這樣好像比較有趣之類的原因。

唉……結果還是為了這個原因。

D的行動理念八成就只有這個吧。

那就是事情到底有不有趣。

我不知道真相到底是如何。

在我看來，D太過高深莫測，我完全無法理解她的想法。

或許她其實在想著完全不同的事情也說不定。

只不過，她所表現出來的言行，全都是基於「因為這樣好像很有趣，所以我就這麼做了」這樣的理由。

不管D心中到底是怎麼想的，既然她沒有表現出來的話，那就只有她所表現出來的「事情到底有不有趣」這個行動理念，是我唯一能夠明白的指標。

我只能基於這一點採取行動。

然後，基於這一點去思考後，我只覺得自己被耍了。

我實在沒想到自己誕生的理由居然會那麼無聊。

可是，這種事情或許就是這樣吧。

正是因為自己誕生的理由那麼無聊，讓人覺得傻眼，反倒讓我看開了。

老娘什麼都不管啦！

既然妳是這麼想的，那我也要放手去做了。

在來到這裡之前，我也想了很多。

因為我是D這個跟幕後黑手沒兩樣的傢伙，把自己的部分記憶移植到我身上創造出來的。

我到底是為了什麼被創造出來？

她的目的是什麼？

難不成我肩負著自己不知道的重要任務，一旦遇到D就會得知真相嗎？

知道那種事情後，我又會變得如何？

我一直對未來隱約懷有這樣的不安。

因為我認為像D這樣的超常存在，不可能毫無意義地把我創造出來。

可是結果如何？

實際得知真相後，結果真的就是毫無意義！

不，姑且還算是有意義吧。

D想要蹺班這個無聊的理由，就是我的存在意義。

不過，那種意義有跟沒有一樣。

我明明一直提心吊膽地懷疑自己的誕生有著某種重要意義……事與願違也該有個限度吧。

我還擔心自己在最壞的狀況下可能會被處理掉……這種因為落差太大而導致的虛脫感也非同小可。

不過，D一直說我很有趣，感覺好像很中意我，所以我也樂觀地認為自己應該不會隨便被處理掉。

即使如此，我還是擔心這會不會對我帶來壞處。

雖然那種事情沒有發生值得慶幸，但我也開心不起來。

畢竟D姑且……沒錯，只是姑且！算是生下我的母親，現在的我能夠存在，在某種意義上也是多虧了D，如果她有事情要拜託我去做，我也不會吝於幫忙。

可是，知道自己誕生的理由這麼無聊後，我總覺得不想那麼做了。

如果她用實力逼迫我去做某件事的話，那我也不得不遵從，但如果不是這樣的話，我就要隨意行動了。

「對。這樣就對了。」

對D感到幻滅的我，聽到了毫無起伏的聲音。

那是不帶感情的平淡聲音。

然而，此時聽起來卻不知為何給人一種好像很滿足的感覺。

「唯有自由能讓妳散發光彩，而我會尊重那樣的光彩。」

因為那樣比較有趣不是嗎？

我彷彿能聽到她繼續這樣說了下去。

一股寒意竄上背脊。

在此同時，腦袋裡卻像是有股熱流流過一樣發燙。

我被看透了。

不管是我無法拒絕D的要求一事，還是我在來到這裡之前所感到的不安，全都被她看穿了。

不但如此，她還完全看穿該怎麼做才能讓我自由行動，故意說出我誕生的祕辛。

明明只要D有那個意思，就能把我當成部下使喚，但她卻故意不這麼做，選擇繼續讓我自由行動。

只因為那樣好像比較有趣。

幻滅？

才沒有那種事呢！

雖然我是為了無聊的理由而誕生這點並沒有改變，但D最大限度地站在我的角度為我思考，誘使我走上她心目中最理想的道路。

如果不是徹底理解我的個性，就辦不到這種事。

雖然我無法理解D那有如深淵般的內心，但就連她表露在外的部分，我似乎都看得太淺了。

那種為了取悅自己，把事情帶往有趣方向的技巧……

真是太可怕了。

正因為什麼都辦得到，所以她什麼都不去做。

可是，一旦覺得動些手腳能讓事情變得有趣，她會毫不猶豫地動手。

我對那種為達目的不擇手段的作風發自內心感到佩服。

同時也感到畏懼。

因為如果是為了達到自己的目的，D不管什麼事都做得出來。

而D所能採取的手段，規模大到我無法想像。

因為D擁有非比尋常的力量，就算要毀滅一個世界也綽綽有餘。

這就是神。

要是她為了達成目的，毫無保留地施展那股力量，到底會發生什麼事情？

我無法想像，也不願想像。

更別說是把那股力量用在我身上了，我連想像都不願意想像。

因為結局將會是不管怎麼樣都無法抗拒的破滅。

我至今跨越了好幾道生死關頭，並且對此感到自負。

可是，被D盯上性命的危險程度，不是那些危機所能比擬的。

必死無疑。

到時候我能存活的可能性將會完全消失。
不管我怎麼掙扎，結果都不會改變。
所以才可怕。
背脊彷彿被打入一根冰柱一樣，傳來陣陣寒意。
糟糕……
我會覺得糟糕，不是因為感到畏懼。
另一種感覺才是問題。
明明背脊發冷，但我的腦袋反而開始發燙。
跟因為恐懼而僵住的身體正好相反，變得發燙的腦袋感覺到的是歡喜。
得到D的認同，讓我非常開心。
開心到腦髓裡不斷分泌出腦內啡，整個人感動到不行的地步。
糟糕。這樣真的很糟糕。
雖然我自認是個不太渴望別人認同的人，但得到D的認同是另一回事。
因為不管怎麼說，D對我來說都是特別的存在。
D可說是我的原型。
從還不知道這個事實的時候開始，我就對D懷有一種排斥感。
因為我知道她顯然是把我當成玩具在捉弄。

不過，對於這樣的D，我一直相當在意。

排斥感越強，就越是不得不去在意。

然後，在感到排斥的同時，我也一直仰望著這位無法觸及的超級強者。

我想要無拘無束地過活。

為此，我無法原諒意圖支配我的任何人。

所以，我一直在對抗意圖侵犯我的自由的強敵。

在艾爾羅大迷宮裡的生存之戰。

在那裡，有無數魔物想要奪走我的生命。

地龍亞拉巴。

與老媽之間的戰鬥。

在當時遇到的魔王。

波狄瑪斯與邱列邱列，還有世界的危機。

包含尚未解決的問題在內，我自認一直都在全力抗敵。

可是，在那些敵人之中，有一個讓我覺得自己絕對打不過，只能放棄與之對抗的傢伙。

那就是D。

能夠得到那個D的認同，對我來說到底有著多大的意義？

身為冒牌貨的我，能夠得到本人的認同，到底是多大的救贖？

看來這件事的意義似乎比我想的還要大。

甚至讓我覺得如果是Ｄ的話，就算被她束縛也無所謂。

啊啊……這樣很糟糕。

難道這是戀愛的感覺嗎！

我應該不是同性戀才對。

可是，若是問我喜不喜歡男生，我也無法給出肯定的答案。

總覺得自己不太有那方面的慾望，又像是完全沒有那種慾望。

不，我剛才只是開玩笑啦。

想也知道我不可能愛上Ｄ吧。

可是，Ｄ相當吸引我也是事實。

當我說出幻滅這種話時，就表示我對她懷有期待。

該怎麼說呢？

以結婚為前提去相親的人或許就是這種心情吧。

雖然連我都有點搞不清楚自己在說什麼就是了！

呼……我要冷靜下來。

我有些太過慌亂了。

「對了，幫妳取名字這件事，或許算是個失敗吧。」

D突然把臉靠了過來。

距離近到只差一點就能碰到彼此的嘴唇。

「對神來說，命名這件事有著很重要的意義。一旦被賦予了名字，與命名者之間的連結就會變強，也可以說是靈魂受到了束縛。」

什麼？

那我現在感受到的這種難以言喻的感情，就是命名所造成的影響嗎？

因為我被賦予了白織這個名字，所以在不知不覺中被D所束縛了嗎！

「唯有自由能讓妳散發光彩。可是，即使必須扯下那對自由的翅膀，我也想要把妳留在身邊。雖然很矛盾，但這一切都是妳太有魅力惹的禍。」

話語在耳邊輕聲響起，那聲音甜到彷彿腦髓都要融化。

太有魅力……太有魅力了……

D的話語在腦海中迴盪。

「妳是我的東西，我不打算放手。不過，妳就在我的掌心裡盡情地自由飛翔吧，這麼一來，直到世界終結的那一刻為止，我都會好好地疼愛妳。」

回過神時，我已經回到自己在公爵宅邸的房間裡了。

我姑且記得回到這裡的經過。

結果我在遊戲裡連一場勝利都沒能拿下，被打得落花流水才回來。

D還讓我帶了伴手禮回來，而那些東西似乎是給我的犒賞。

那些伴手禮全都存放在用空間魔術創造出來的異空間了。

至於伴手禮是什麼，就之後再來確認吧。

回到公爵宅邸後，我一邊在床上滾來滾去一邊懊惱掙扎。

感覺就像是作了一場美夢。

那種感覺太糟糕了。

那樣是不行的。

該怎麼說呢……嗯，就是不行。

那種情況是不是就是所謂的欺騙感情？

真是太糟糕了。

再這樣下去，我會被她拐跑的！

而最糟糕的一點是，我居然覺得就算那樣也無所謂！

再這樣下去，我一定會變成廢人的。

雖然我不是人類就是了。

嗯。逃跑吧！

要是繼續待在D身旁，我肯定會被她迷得神魂顛倒。

那樣是不行的。

我必須堅定意志，抗拒D的誘惑。

可是，我沒有信心能夠抗拒到底。

所以我要逃跑。

逃到D無法觸及的地方。

話雖如此，但能不能完全逃離D也是個問題。

現在是不可能的。

如果不先累積實力，做好能夠完全逃離的準備，就只是無謀之舉。

我的行動範圍目前無論如何都只限於這個世界與地球。

要是待在地球上，我就會被D拐跑！

因此，我要暫時待在這裡累積實力。

然後制定出周詳的逃亡計畫！

「啊……！」

房門被猛然打開，吸血子大步走進房裡。

「妳到底跑去哪裡了！居然又一聲不吭就擅自離開這裡！我不是說過，如果要去其他地方，一定要事先向我報備嗎！」

吸血子大剌剌地站在我面前，盛氣凌人地對我發飆。

啊……這麼說來，我好像有跟她做過這樣的約定，但又好像沒有……

「下次如果要去其他地方，一定要先跟我說一聲！聽到沒有！」

好啦好啦。

也是呢。

如果要去其他地方，我就先跟她說一聲吧。

不管是要逃跑，還是為了其他目的。

雖然我在這裡還有許多沒做完的事，那應該會是很久以後的事情就是了。

等到那一刻到來，我就先跟她說一聲再走吧。

就這麼決定了。

Hiiro Wakaba

若葉姬色

她的本名是個謎。其真實身分是自稱D的神的一時之姿，是一個虛構的人物。據D所說，這是她為了蹺掉工作玩青春高中生活遊戲而準備的臨時的名字與身分。由於她的存在，讓平進高中的教室發生爆炸，導致轉生者們轉生到另一個世界，換言之，一切的元凶就是她。她把身為人類的記憶移植到在教室裡被波及炸死的蜘蛛的靈魂上後，創造出了現在的白織。為了留下若葉姬色這個人物存在過的痕跡，白織才得以誕生。因此，也可以說早在白織誕生的時候，D就已經把若葉姬色這個身分讓給白織了。總之，若葉姬色這個人物並不存在，就只有冒用這個名字的神存在。她在地球上就跟被爆炸波及的其他轉生者一樣，已經被當成是個死人了。

妖精笑了

「所以……你打算背叛魔王是嗎？」

『沒錯。要是照著那位魔王的話去做，魔族會滅亡的。』

電話另一頭的蠢蛋氣呼呼地如此宣言。

雖然對方是個在魔族中頗有權力的男子，但老實說只是個小角色。

根本比不上亞格納。

那個男人跟神言教教皇有些共通之處，千萬不能掉以輕心。

那傢伙現在應該正在思考該如何算計我和愛麗兒。

在這次的反叛活動中，他肯定也有暗中牽線吧。

就是因為他不正面動手，行動時不留下證據，所以才不好對付。

根本不需要如此提防現在正在跟我說話的這名男子。

實在是很好對付。

『所以，我希望也能得到波狄瑪斯大人的幫助。』

「這當然沒問題。讓那種傢伙破壞魔族與妖精長年建立起的交情，我也覺得很不愉快。」

這些話並不全然都是謊言。

為了讓魔族信任妖精，我做了相當多的投資。

我想要避免魔族衰退，導致人族與魔族彼此抗衡的大局受到破壞。

因為一旦這樣的大局被破壞，我們這些妖精毫無疑問會被神言教教皇透過輿論操作塑造成人類的下一個敵人。

打從魔族還健在的時候開始，他便好幾次試著創造出把妖精當成壞人的風氣。

雖然每當有那種傳聞流出，我就會塑造出善良的妖精形象來加以對抗，但如果魔族倒下，這招恐怕就不管用了。

因為魔族這陣子都沒有攻打人類，讓我越來越難阻止那些傢伙的情報操控。

越是讓人族……正確來說是神言教行有餘力，局勢就對我越不利。

所以我希望魔族能夠適度地努力，讓人族窮於應付。

為此，我不會吝於提供援助。

而且現任魔王還是愛麗兒那傢伙。

我不認為那個小女孩有著足以危害到我的實力。

但是，讓一個明確對我懷有敵意的傢伙擔任魔族的首領也不是什麼好事。

『喔喔！那真是太好了！只要妖精願意出手幫忙，我就沒什麼好怕的了！』

哼，廢話。

雖然前提是妖精願意拿出真本事就是了。
當然，我不可能為了這種小角色全力以赴。
只要能夠適度削弱愛麗兒的戰力就夠了。
畢竟這種程度的小角色也不可能打敗愛麗兒。
就是因為不明白這點，這傢伙才會是個小角色。
「我會盡量提供協助。」
『感激不盡！』
男子發自內心的道謝讓我覺得非常滑稽。
這傢伙的反叛行動不可能成功。
可是，我還是參加了這場明知會失敗的反叛行動。
雖然不算是全力以赴，但為了取得一定的成果，我也必須做些準備。
在此之前，因為捨不得拿出實力，我對愛麗兒等人發動的攻擊全都失敗了。
雖然那些失敗造成的損失微乎其微，但沒對愛麗兒陣營造成損傷，實在是令人不悅。
趁著這個機會削弱那傢伙的陣營也不錯。
當然，我的目標可不是跟隨那傢伙的魔族之類的小角色。
我的目標是那傢伙無可取代的眷屬，以及那傢伙所保護的轉生者。
還有白。

如果要對付那些傢伙，拿出不上不下的戰力並不明智。
就算派出為數眾多的量產型兵器，也只會被白白損耗掉。
要是因為在意我方會有所損失而捨不得拿出實力，導致不必要的損失變多，那就本末倒置了。
……看來是沒辦法了。
我就接受某種程度上的風險，拿出該拿出的戰力吧。
「那……因為我也得做些準備，我們就說到這裡吧。」
『嗯。萬事拜託了。』
切斷通話後，我開始思考今後的計畫。
我從椅子上站了起來，邁開腳步。
在我來到的地方，有著許多台排列整齊的人型光榮使者。
因為還沒安裝「主要零件」，所以全都無法運作，但這些光榮使者全都裝備了抗魔術結界產生裝置。
「主任。」
「是！」
「把這些光榮使者全部調整到能夠運作的狀態。」
雖然我的命令讓身為這裡負責人的主任變得臉色蒼白，但他並沒有無視命令。

「要安裝的主要零件由你來挑選，你可別讓我失望喔。」

「遵……遵命！」

接下來我也要去做些準備，然後發動攻擊。

妳們可要發出悅耳的慘叫聲，努力取悅我喔。

後記

呀呼！大家好，我是情緒莫名高漲的馬場翁。

這部作品也來到第九集了。

還差一步就能踏入兩位數大關了。

第⑨集。

我覺得，我能從人看到⑨之後聯想到的東西稍微看出那個人的性向。

會想到撞球的人都是現充！

他們有著可以一起打撞球的朋友，肯定都是外向的人。

會想到連官方都宣稱是個笨蛋的冰之妖精的人都是阿宅（註：暗指東方系列的角色——琪露諾）！

雖然無法得知程度輕重，但早在知道這個哏的時候，就已經多少算是個阿宅了。

會想到前來排除異端的紅色機器人的人都是From腦粉（註：From腦粉就是FromSoftware的粉絲，那台紅色機器人則是指《機戰傭兵》這款遊戲裡的頭目Nine Ball）！

很遺憾，你們的大腦已經被小島監督汙染，沒救了。

只是，這份性向測驗中含有許多我個人的獨斷與偏見。

請不要認真看待。

順帶一提，我最先想到的是高深莫測地說出「我要破壞所有力量太過強大的傢伙！」的紅色妖精。

看來我不但是個阿宅，而且還是From腦粉。

關於⑨的話題就到此打住，說到這本第九集的內容，就是在一個有如撞球檯般充滿（名為問題的）漏洞的世界裡，有一位外表像是冰之妖精的幼女，跟一位有如紅色機器人般的熱血男子戰鬥的故事。

……這樣形容居然完全不算說錯，這點實在是太可怕了。

不過，那些是從第八集延續下來的部分，真正的重點是那個傢伙登場了。

那傢伙到底是誰！那傢伙的真面目又是怎麼回事！

真相將在故事中揭曉。

大概就是這種感覺吧。

雖然很想吐槽這個故事到底是從什麼時候開始變成懸疑推理故事的，但事實就是如此。

好啦，開場白就到此為止，接下來是正題了。

沒錯，前面那些廢話都還只是開場白而已。

因為這次的後記頁數比平常還要多！

我想怎麼寫就怎麼寫！

哇哈哈哈！我的春天來臨了！

可是！我前面會那麼興奮，並不是因為這個理由。

我有重大的事情要宣布！

《轉生成蜘蛛又怎樣！》的動畫化企畫開跑了！

鏘鏘鏘鏘——！

事情就是這樣，動畫化企畫開跑了！

耶！拍手拍手！

這可不是開玩笑，也不是整人企畫，而是確切的情報。

終於……這一刻終於到來了！

透過書籍化，原本只有文字的這部小說多了輝竜老師的插圖。

透過漫畫化，かかし老師創造出了充滿躍動感的世界。

多虧了輝竜老師與かかし老師，那些只透過文字很難傳達的內容，都變得能夠透過視覺傳達了。

然後又要加入動作與聲音了。

蜘蛛子在螢幕裡動起來了！

而且還會說話！

因為她實際上不會說話，所以感覺比較像是心聲洩漏出來。

總之，我達成了動畫化這個身為作家的一大目標。

哼，看來我的時代來臨了！

啊，真是抱歉，我不該得意忘形的。

宣傳ＰＶ已經完成了，請大家務必看看。

雖然離正式開播還很久，但只要看過宣傳ＰＶ，應該就能大致感受到整部作品的感覺。

可以看到以往只能在紙上看到的蜘蛛子在螢幕上跑來跑去的模樣。

接下來是致謝時間。

我要感謝替《轉生成蜘蛛又怎樣！》的世界畫上色彩的輝竜司老師。

這部作品能夠到動畫化這一步，我覺得都是拜輝竜老師的插圖所賜。

這次的封面插畫也很漂亮，真的非常感謝您。

再來是明明不是動畫，卻把《轉生成蜘蛛又怎樣！》的漫畫畫得像是會動一樣的かかし朝浩老師。

實際上明明就不會動，卻能讓讀者輕易想像出動作的かかし老師的畫技真是太厲害了。

而那種充滿躍動感的漫畫版第五集也正在發售中。

還有負責製作動畫的所有人。
真的非常感謝各位做出那麼出色的ＰＶ。
還有以責編Ｗ女士為首，為了讓這本書問世而提供協助的所有人。
以及所有拿起這本書的讀者。
真的非常感謝大家。